文經文庫
299

免記文法。不用花錢。超有趣的

e-reading
英語學習法

遠田和子・岩渕 Deborah ◎著

廖文斌 ◎譯

COSMAX
PUBLISHING Co.
Since 1981

 文經社
Taiwan

前言

　　本書的提案目標是 Fun & Free 的「e-reading」。e-reading 就是完全活用電子書以及網際網路上的數位化文字、音樂、影片來閱讀英文的全新名詞。然後，Fun 代表「愉快」，而 Free 則代表「免費與自由」。

　　看到這裡，可能有讀者會認為「閱讀英文很愉快？這種事情根本不可能！」光是閱讀教科書和工作文件上的英文就已經讓人受夠了。字典和記事本也只會令人生厭，怎麼可能讓人感到愉快呢？──不，筆者必須告訴各位絕對沒有這種事情。不管是閱讀哪一種語言，讀書都是具有創造性意義的私人活動。我想大家都曾經閒晃走進書店，並拿起書本隨便翻上幾頁才對。雖然過程中可能會感到迷惘，但是在閱讀到自己真心喜歡或感興趣的主題時，我們都能夠得到非常大的滿足感。

　　因此就算是英文書，閱讀也應該是一種「愉快」的體驗才對。這裡所說的「愉快」並不是好笑的意思，而是期待閱讀的東西變成心靈的營養，在自己心中播下顆小小種子並慢慢加以培育。您是否開始打算以閱讀英文的方式，尋求閱讀中文書時所體驗過的滿足感了呢？雖然說是英文閱讀，但您並不需要背誦新的單字，也不需要讀完一整本書，或是將新聞報導從頭讀到尾。題材也完全不需要與教育扯上關係。為了訓練自己或學習而閱讀的英文，大多都只能變成安眠藥罷了。不把英文閱讀當成是「功課」，試著在閒暇時間慢慢閱讀喜歡、感興趣的題材，就能讓您站在通往英文新世界的入口。

而我們此時會遇到的問題，就是該如何找到感興趣的讀物。要從大量書本中找出「就是這個了！」的書是一件非常困難的事。可是，現代人讀書型態的選項已經大幅增加了。雖然有些評論家認為紙本書籍和印刷品的末日將近，但本書筆者卻認為書本的復興才正要開始。對於電腦與智慧型手機已經成為日常生活的一部份的我們來說，書本的復興就意味著下面這件事情——我們能夠免費閱讀外國暢銷書的試讀章節，更能免費弄到著作權早已結束的整本西洋名作。用來閱讀電子書的專用機器接連上市，輕輕一點就能閱讀全世界的新聞與雜誌。

現在是任何人都能以變魔法般的輕鬆方式，取得豐富英文資源的時代。而本書所要提出的，就是因為時代進步而終於得以實現的 e-reading。e 兼具了 electronic 和 English 兩方面的意義。能夠以電子媒體（electronic）輕易取得的便利性，以及總括各種分野的英語素材（English）的廣泛度，讓英文閱讀的可能性變得遠比以往來得寬廣。

新環境所帶來的最棒變化，就是我們可以更為自由的挑選讀物了。可以「免費且自由」閱讀的英文素材，會以滾雪球的方式不斷增加。我們可以隨意翻找一本書的有趣地方，如果覺得無趣就換下一本書，或是再看看下一本書，像是挑食一般的閱讀書籍。找到適合自己的讀物的機會將大幅增加。一旦找到喜歡、感興趣的內容，英文閱讀就會變成真正的「愉快（fun）」體驗。

話雖如此，為了特定目的學習英文的人還是很多。為了升學、為了就業、或是為了工作而需要英文的讀者又該如何呢？就算是在將英文當作手段而非目的的情況下，閱讀的基本原則依然不會

改變。選擇自己想要閱讀、有興趣閱讀的內容，就能讓學習英文的時間變得愉快並減少心理壓力。在沒有義務感逼迫的情況下快樂學習，才能加深理解並把知識化為自己的血肉。一旦以這種積極無負擔的 e-reading 體驗作為基礎，就能得到真正的英文能力，自己也會感到「一定要真正學會才行」而願意吸收更為深入的內容。

　　您願意以本書作為導覽，踏上選擇適合自己的讀物的旅程嗎？為了讓躊躇不前的讀者也能輕鬆加入，這趟旅程將有六位同伴負責引領大家。他們的年齡與職業都不同，英文程度也高低不平。可是他們有一項共通點。那就是互相理解並分享彼此興趣的態度。剛開始時跌跌撞撞出發的六個人，將透過挑戰新的點子與方法，察覺到各人在英文之外的各種可能性。衷心希望他們的體驗能夠賦予各位讀者朝向全新的 e-reading 踏出第一步的契機。

遠田和子
岩渕 Deborah

《目錄》

本書架構

　　本書是由各章前半段的「故事」和後半段的「解說」所組成。

　　在「**故事**」的部份，年齡與英文能力各不相同的六個人會在名為「一章讀書會」的聚會中，一邊苦戰奮鬥一邊進行英文閱讀。在這個過程中，各個登場人物將逐漸發現適合自己的英文素材尋找方式、與電子書相關的各種機器之用法，以及對於英文閱讀很有幫助的網站等等。像這樣的重點會在「故事」結束之後彙整於「Chapter xx 重點摘要！」中。

　　「**解說**」的部份則會說明無法被故事涵蓋的重要事項。不光是閱讀的相關事項，就連故事中提及的網站的詳細用法和搜尋技術的經驗法則等等，利用網路提升整體英文能力的有用資訊，也全都會在這個部份介紹。

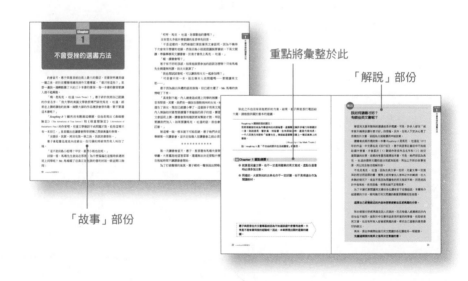

重點將彙整於此

「解說」部份

「故事」部份

　　接著就來介紹為本書讀者領路的六位登場人物吧。

六位夥伴

田島惠子（40 歲前半，家庭主婦）
從大學英文系畢業後，於製造商任職。結婚生子後依然持續工作，但為了看護父親而離職。成為專職家庭主婦過了六年後，開始考慮重新鍛鍊英文以便再次回到職場。

英文能力：中階★★★☆☆

星野里香（40 歲前半，平面設計師）
田島惠子的高中朋友。任職沒多久便結婚生子，但立刻就離婚了。她一方面當個單親媽媽扶養孩子，一方面還創立了小型的設計工作室。被惠子拉去英文會話學校上課已將近一年。

英文能力：初學者★☆☆☆☆

星野純也（21 歲，學生）
里香的獨生子。專攻音樂（鋼琴）的大學三年級生。夢想前往美國留學並步上音樂之道，但還沒有得到里香的諒解。

英文能力：中～高階★★★★☆

馬場五郎（60 歲後半，已退休）
原本是上班族且擁有單獨到外國出差的經驗。退休後的目標是和妻子兩個人一起去探望定居美國的女兒。

英文能力：中階★★★☆☆

馬場奈津（65 歲左右，已退休）
原本是家政老師。五年前從高中退休。因為突如其來的老夫老妻生活而感到困惑，過著略感寂寞的每一天。雖然對英文有興趣，但實在不擅長會話。

英文能力：超級初學者★☆☆☆☆

矢部　亮（30 歲後半，上班族）
單身的上班族，馬場五郎中意的舊屬下。個性溫和且擅長電腦之類的 IT 事務，興趣很少。

英文能力：初階★★☆☆☆

在英文會話班發生的事

「真是的，我已經讀不下去了……」

惠子一邊嘆氣一邊闔上幾乎全新的講義。

年輕的美國人老師大衛（David）站在白板前面。在惠子的英文會話課結束時，大衛說了這樣的話：

「I'm sorry, but this is my last day. A new teacher will come next week.」（非常遺憾，今天是我的最後一堂課。下禮拜將會換其他老師過來。）

其他同學一臉意外的交頭接耳，但惠子卻對此早有預感。由地區文化中心舉辦的小型英文會話班，並不是那麼有魅力的工作。派遣到文化中心的外籍英文老師都會在學生正要開始習慣發音與教法時——大多不超過半年——改做其他薪水更高的工作。David 也說他將會到郊外的大學擔任兼任教授。

惠子的班級每次更換老師時，都得跟著替換不便宜的教科書，學到的發音也混雜著美式、英式、澳大利亞式的風格。學生的英文程度也參差不齊。儘管如此，惠子依然想要設法提升自己的英文能力，而持續在此學習了一年。但是她完全沒有感覺到實力的進步。

「一年前剛開始上課的自己與現在的自己到底差在哪裡呢？」

讀寫英文時的難熬心情一點都沒有改變。把講義收到背包裡時，恰巧和同班同學里香對上了眼。她似乎因為大衛離開而感到失

落。

* * * * * * * * * * *

　　一年前，加入這個英文會話班的契機，是放在信箱內的文化中心傳單。惠子在六年前辭掉了即便生了小孩後也沒有中斷的工作，成為專業的家庭主婦。在這六年之間，她既參與過 PTA 活動，還去上過瑜珈教室。也有著作為母親與妻子保護家庭的驕傲。雖然如此，想要做些什麼事情展開不一樣的未來的願望卻越來越強烈。看著手中的傳單，惠子就想起以往在職場上總是被人說「英文就靠惠子小姐了」受到倚重的自己。

　　「對了，再一次重新把英文學好吧。我的英文退步很多。至少也應該複習到以前的水準。」

　　惠子如此下定決心，開始上起每週一次的英文會話班。

　　一起上課的里香是惠子的高中同學，被想要有個上課夥伴的惠子邀請，參加這個英文會話班。惠子依然清楚記得邀約她參加英文會話班時的事情。

　　「英文會話？我每次上英文課都在睡覺耶！我是只會說 "This is a pen" 跟 "Thank you very much" 的人，根本不可能去上那種課啦！」

　　里杳拼命找藉口拒絕。但是被惠子以「只是旁聽一下而已」為由，硬拉到英文會話班之後，見到了又高又帥的大衛，讓里香脫口說出：

　　「妳不覺得他長得有點像貝克漢嗎？就連名字都一樣呢！」

　　興奮不已的里香立刻就動心了。正式開始上課之後，總是以勇氣決勝負的里香，一點都不在乎英文的難度，異常熱心地積極發問。讓惠子搞不懂她熱心的對象到底是英文還是大衛。

＊＊＊＊＊＊＊＊＊＊

會話課結束之後，惠子與里香來到文化中心的飲茶區歇息。

「我決定離開這個班級了。總覺得繼續待下去也不會讓英文進步。每一份講義幾乎都是在餐廳點餐的方法這種枯燥無味的內容，一點都不有趣。」惠子一邊喝著咖啡一邊告訴里香。

「那我也不來了。反正下一次不可能又來個像大衛那樣的老師。」

雖然惠子不在乎老師的長相，但卻很討厭這種一直換人的情況。學生的平均程度又低。班上的馬場夫妻太太在被老師點名時，總是緊閉雙唇以顫抖的聲音回答，幾乎聽不見她在說什麼。這讓惠子非常好奇她為何來到這個班級。不過，馬場先生相當擅長英文。他在退休之前是一位上班族，還說過「我曾經單獨到澳大利亞出差兩年」。

惠子一時衝動說出「放棄」宣言，卻又感到些許迷惘。明明是下定決心才開始學習英文會話，沒多久就放棄似乎會讓丈夫與孩子們看笑話。深藏在心裡對未來的那份期待，她也不打算輕易放棄。那麼，接下來又該做些什麼才好呢？正在思考「不知道有沒有比英文會話更有效率的學習方式」的時候，里香說話了：

「我是不是該開始學舞來取代英文會話了呢……？」

「學舞？是佛朗明哥舞嗎？」

「不對、不對，我說的是草裙舞。最近很流行呢，車站前面新開了一間教室喔。」

惠子慌了。她果然還是想繼續學習英文，而且更想和夥伴一起快樂學習。於是她隨口說出突然想到的計畫。

「喂，我們要不要開始英文閱讀啊？」

「英文閱讀是什麼？讀英文書嗎？我不可能辦得到啦！」

「那其實不是什麼困難的事，只不過是開個讀書會罷了。妳還記得我們兩個人之前一起去看的電影嗎？『珍奧斯汀的戀愛教室（The Jane Austen Book Club）』。就是和那部電影一樣，大家一起看書聊天而已。」

「我記得！那是個非常棒的故事呢！一名年輕人愛上單身的女主角，最後則是快樂結局……讀書會啊，如果有不錯的男人出現的話……」

里香的眼神充滿了少女情懷。也許她把自己當成是電影裡面的女主角了吧。惠子眼見機不可失，便說「那我們後天去找要讀的書，記得把時間空下來喔」里香被惠子的氣勢逼得不得不點頭。

Chapter 1

不會受挫的選書方法

約會當天，惠子與里香前往街上最大的書店。在書架旁邊晃個一圈之後，終於在樓層深處找到外文書專區。「就只有這些？」里香一邊說一邊轉動塞了大約三十本書的書架。每一本書的書背都讓人提不起興趣。

「啊，是馬克‧吐溫（Mark Twain）！」惠子終於找到自己認識的作家名字。「我大學的美國文學教授專門研究馬克‧吐溫，經常在上課時講他的故事。幽默大師的作品應該會很有趣。要不要選這本書呢？」

「*Roughing It*？雖然沒有聽過這標題，但他是寫出《湯姆歷險記》（The Adventures of Tom Sawyer）和《頑童歷險記》（Adventures of Huckleberry Finn）的作家吧。兒童文學應該不成問題才對。但是這裡只有一本而已。」里香露出在讀書會與草裙舞之間做衡量的表情。

「沒關係，我買。拷貝完第一章之後，我就把書借妳。」

惠子拿起書迅速走向收銀台。在付錢的時候突然有人叫住了她。

「這不是田島小姐嗎？早安。星野小姐也在呢。」

回頭一看，馬場先生就站在那裡。為什麼偏偏在這種時候遇到班上同學呢？ Mr. 馬場瞄了店員正在包裝的書的封面一眼並開口詢

問：

「哎呀，馬克・吐溫，妳喜歡他的書嗎？」

沒有想太多就什麼都講的里香率先回答。

「不是這樣的，我們兩個打算放棄英文會話班。因為不曉得下次會來什麼樣的老師。然後田島小姐就提議說要嘗試一下英文閱讀，準備舉辦英文讀書會。於是才會找上馬克・吐溫。」

「喔，讀書會嗎？」

惠子有不好的預感。如果他說要參加的話該怎麼辦？只有馬場先生倒還無所謂，但太太就算了。

「我也想試試看呢。可以讓我和太太一起參加嗎？」

「可是書只有一本。而且尊夫人沒問題嗎……要閱讀英文耶……」

惠子因為說出失禮的話而後悔，但已經太遲了。Mr. 馬場的表情暗了下來。

「真是對不起，內人總是造成班上同學的困擾。她比較內向，容易緊張。其實，我們有一個住在俄勒岡州的女兒。她嫁給美國人，還生了孫女，現在已經讀小學了。這個孫子用英文寫信寄給我們。內人無論如何都想要讀懂不常碰面的孫子的信。懷著這份心願到英文會話班上課。讀書會對她應該更有幫助才對。拜託兩位，請一定要讓我們加入。如果要讀馬克・吐溫的話，我也會回家到網路上訂書。」

被這樣一說，根本就不可能拒絕。惠子她們決定在兩個禮拜後舉辦第一次讀書會，並決定每個人在讀書會之前必須先讀過一章。

＊＊＊＊＊＊＊＊＊＊

第一次讀書會當天，惠子、里香還有馬場夫妻聚集在附近的咖啡廳。大家尷尬地望著菜單，遲遲無法決定要點什麼。簡直就像是在拖延時間不讓讀書會開始。

為了打破難堪的氣氛，惠子輕咳一聲後說出開場白。

「非常感謝各位參加這場讀書會。我想要立刻開始我們的主要活動。請問各位都讀過第一章了嗎？」

三人輕輕點頭。但是誰也沒有將頭抬起。

「有人能為大家朗讀最前面的段落嗎？」

「……」

「那麼就由我來讀吧。請大家跟著我。Chapter One。」

> My brother had just been appointed Secretary of Nevada Territory—an office of such majesty that it concentrated in itself the duties and dignities of Treasurer, Comptroller, Secretary of State, and Acting Governor in the Governor's absence. A salary of eighteen hundred dollars a year and the title of "Mr. Secretary," gave to the great position an air of wild and imposing grandeur.
>
> (*Roughing It* by Mark Twain)

惠子發現她完全不知道自己發聲讀出的英文是什麼意思。還是把第一個問題交給 Mr. 馬場回答吧。不管怎麼說，他都是待過國外的人。朗讀完畢的惠子說道：

「那麼，可以請馬場先生為大家說明這個段落嗎？」

Mr. 馬場很明顯地亂了手腳。

「好，我明白了。呃…那個……作者似乎有一個哥哥。那個哥哥領有 1800 美元的薪水……也就是說，他哥哥是一位上班族！他住在內華達州。可是，這裡的 Nevada Territory 好像有點奇怪。我實在是搞不懂。田島小姐又是怎麼想的呢？」

即使被反問，惠子也不知道該如何回答。轉頭看向里香求救之後，她啜飲著咖啡並眨眨雙眼，然後放下杯子輕笑。

「我也沒轍。和惠子一樣。根本完全看不懂。我還以為馬場先

生會告訴我們答案呢。」

里香這番話讓馬場太太抬起了頭。

「哎呀。我原本以為只有我跟不上大家。還在家裡翻字典一個一個單字慢慢查呢。不管怎麼查字典也還是搞不懂內容……才第一頁就舉手投降了。」

在英文會話班總是緊張不已的馬場太太第一次主動發言。一陣沉默之後，眾人一起笑了出來。因為大家都以為只有自己看不懂這本書。捧腹大笑的里香擦著眼淚說：

「我沒有買書真是太好了。不過為什麼呢？大家小時候都讀過《湯姆歷險記》。為什麼這本書會這麼艱澀？」

Mr. 馬場想了一下後說：

「孩提時代會覺得《湯姆歷險記》有趣，是因為小孩子看的是翻譯版。而且仔細想想，這部作品畢竟是在距今一百多年前寫成。」

對了，馬克・吐溫的作品是古典文學。惠子突然想起大學教授說過的馬克・吐溫名言。

A classic is a book which people praise and don't read.
古典文學就是大家都稱讚但誰也不會讀的書。

馬克・吐溫本人的話讓讀書會再次陷入熱烈討論。不過，如果連大家都熟悉的古典文學也不行的話，又該讀什麼書才好呢？這次選擇知名作家的書，卻因為出乎意料之外的難讀而失敗。就算再次回到書店的小型外文書專區，恐怕也還是會不知道該做何選擇吧。

結果，之後的讀書會都在討論該如何選擇英文讀物。四人連呼「好難」、「不懂」。就在討論陷入僵局時，里香舉起了手。

「要不要找大衛商量看看？我在最後一堂課時要到了他的電話號碼。說不定他會給我們不錯的意見。」

除此之外也沒有其他更好的方案。結果，惠子與里香打電話給大衛，請他提供關於書本的建議。

Roughing It 開頭段落的譯文：
我哥哥剛被任命為內華達州的州務秘書。這個職位集許多權力和尊嚴於一身：財政部長、審計員、州秘書，在州長缺席時，還是代理州長。一千八百美元年薪和「秘書先生」頭銜給這個職位蒙上一種至高無上的尊榮。

(*Roughing It* by Mark Twain)

註：roughing it 是「不自由的野外生活或露宿」的意思。

★ Chapter 1 重點摘要！

❶ 就算是兒童文學，也不一定是用簡單的英文寫成，這點在選書時必須多加注意。

❷ 同樣的，大家熟知的古典名作不一定好讀，也不見得適合作為閱讀教材。

> 惠子與里香在外文書專區前因為不知道該選什麼書而迷惘。大家是不是有著同樣的經驗呢？因此，本章將提出關於選書的建議。

該如何選書才好？
有哪些英文書呢？

　　學習英文最常聽到的建議就是多閱讀。可是，許多人都有「根本就不曉得該讀什麼才好」的煩惱。另外，也有人下定決心買了昂貴的外文書，卻因為太過難讀而中途放棄。

　　讀書會成員所選的第一本書 *Roughing It* 是馬克・吐溫在 1872 年的作品，中文譯名是《苦行記》。惠子與里香在書店中不知道該選什麼書，才會基於（1）聽過作家或作品名字和（2）給兒童閱讀的故事，這樣的考量而選擇這本書。可是，她們卻因為馬克・吐溫的獨特文體和語法而感到困惑，再加上不明白故事背景，所以完全無法理解內容。

　　不光是馬克・吐溫，因為古典文學一定好、兒童文學一定簡單的想法而選擇的書，實際上經常會出人意料之外的艱澀。在大多數的情況下，這並不是因為閱讀者的英文程度不夠，而是起因於作者風格、使用語彙、背景知識不足等因素。

　　為了不讓打算閱讀英文書的各位讀者犯下這種錯誤，本書將介紹選書的方法。順利進行英文閱讀的最重要關鍵就是這個。

選擇自己感覺親近的內容和想要瞭解並且感興趣的分野。

　　對於哪種分野感興趣是因人而異的。而且每個人感覺親近的內容也各不相同。這對於中文書來說是理所當然的事情，但即使是英文書，也沒有所有人都會感興趣的書。尋找自己喜歡的書是最好的做法。

　　再來，要給準備開始進行英文閱讀的各位讀者另一項建議。

先讀過開頭的幾頁之後再決定要讀的書。

在書店裡選擇英文書真的很麻煩。首先，有賣外文書的書店並不多。就算有英文書專區，若是可以選擇的書太少，也很難有機會看到令人感興趣的書名。相反的，到了都市裡的大型書店，反而會被一整排的英文書背嚇到，就連在英語國家土生土長的外國人都會不知道該選什麼書（當然，書店依然是給予我們機會邂逅書本的貴重場所）。

要從不知道有什麼書的狀態下出發，靠自己的力量找出感覺親近的書，然後試著閱讀前面幾頁。那種事情根本就不可能輕鬆辦到！——您是這麼想的嗎？事實上，只要有電腦，「試讀外文書」就是件非常容易的事。本書將介紹以電腦或智慧型手機連到綜合網路書店 Amazon.com®，或是使用電子書專用軟體來試讀英文書內容的方法。首先就從最簡單的方法開始吧。

＊＜使用 Amazon.com® ＞ http://www.amazon.com

能夠在家裡取得數百萬本書的相關資訊的地方就是網路書店。我們馬上前往規模最大的 Amazon.com® 進行試讀吧。來找找惠子選擇的《苦行記》。

在「Search」旁邊的下拉式選單中選擇「Books」（Ⓐ），然後在搜尋列中輸入英文書名（Ⓑ）。

點選「Go」就會顯示候選書籍的封面清單作為搜尋結果。如果書本的封面圖片上有著「LOOK INSIDE!」（  C ）的箭頭，就能夠閱覽書本的內容。

點進「LOOK INSIDE!」頁面後，左邊有個「Book sections（書籍章節）」欄位，可點選想看的部分：

Book sections（書籍章節）：Front Cover（封面）｜ Copyright（著作權）｜ Tabel of Contents（目錄）｜ First Pages（第一頁）｜ Surprise Me!（驚喜！）

點選帶有「LOOK INSIDE!」標籤的 *Roughing It* 封面之後，畫面就會改變，並出現上圖這樣的閱覽位置選項與封面。只要來到這個頁面，就能看到書的內容。點選「Table of Contents」就能看到目錄，點選「First Pages」則能試讀開頭數頁。這裡顯示的是掃描紙本頁面後的圖片檔（請注意，這些圖片無法列印或儲存）。這當然不需要付費，也不需要擔心會不小心把書訂下。只要利用這個功能，惠子也不需要買下讓她讀不下去的書了。

在下一章，惠子和里香會前去拜訪英文會話老師大衛。而大衛將為兩人開啟通往 e-reading 新世界的大門。

Chapter 2

在紙本之外的媒體上讀書

　　惠子與里香成功地打電話給大衛，並傳達希望得到關於學習英文的建議一事。令人高興的是，大衛說只要她們能夠前往他工作的地點，就願意撥出時間見面。八成是因為他覺得在電話中無法交代清楚吧。

　　惠子與里香在約好的日子，來到大衛任教的大學的咖啡廳。大衛就坐在最裡面那一桌。里香用力揮手，但大衛完全沒有察覺。他的注意力似乎全集中在手裡的某樣東西上。里香說道：

　　「看那個眼神和那個手勢，我知道了。大衛正在玩 iPhone！我最近也剛買了一隻 iPhone 呢！」

　　走近大衛並以一句「哈囉，大衛！」打過招呼後，里香指著 iPhone 以手勢詢問「你在看什麼？」。

　　"I'm using my cell phone to read English books." （我正在使用手機閱讀英文書）

　　「手機能夠讀英文書嗎？」手機裡沒有這種功能的惠子傻住了。可是里香在這種時候的反應特別快。她立刻從包包裡取出自己的 iPhone 並用簡單的英文詢問「我的手機也行嗎？」。

　　"Of course! Download Kindle app, and you can read e-books on your iPhone." （當然行。只要下載 Kindle 應用程式，妳的 iPhone 也能讀電子書喔）

　　「Kindle？」惠子曾經在新聞報導中見過 Kindle 的照片。那是

用來閱讀電子書的新產品。於是她問到「Expensive?」（它貴嗎？）。

　　"You're probably thinking of Kindle Reader hardware. I'm talking about Kindle app, which is free software."（妳想到的是 Kindle 閱讀器的硬體。我所說的是 Kindle 應用程式，它是免費的軟體）

　　「咦？app 是指應用程式嗎？」里香拼命地試圖參與對話。

　　大衛向兩人說明，Kindle 應用程式不是有形的東西，而是用來閱讀美國網路書店 Amazon.com® 販賣的電子書的軟體。只要有這個 Kindle 應用程式，似乎就能在手機上閱讀電子書。兩人感嘆地說「我都不知道耶」。

　　大衛問到「話說回來，妳們是想商量什麼事情呢？」惠子拿出馬克・吐溫的書，並說明與英文會話班同學一起舉辦讀書會的事，還有大家在 *Roughing It* 一開始的段落就碰壁的事。然後還拜託大衛教她們尋找合適的書的方法。大衛讀過惠子拿出來的書的開頭之後，便立刻哈哈大笑。

　　"Mark Twain was a genius — his way with words! But this paragraph would be impossible to understand unless you knew something about the background."（馬克・吐溫是個天才—特別是他的語法！不過，如果沒有時代背景的相關知識，應該不可能讀懂這個段落吧）

　　大衛說這個故事寫的是美國的西部拓荒時代，如果不熟悉那個時代的生活，想要理解故事將會困難重重。另外他還說，馬克・吐溫作品的文筆獨特、語彙也艱深，並不適合初學者閱讀。

　　惠子重新詢問「那我們該如何選擇適合自己的書呢？」之後，大衛稍微想了一下才提出建議。

　　"Why don't you just try searching the Amazon.com® site? You can look at the **book categories** and click on the '**Look Inside**' icons."（要不要試著在亞馬遜書店的網站上搜尋？不但可以顯示書本分類，還能點選「Look Inside」圖示）

　　為了避免漏聽大衛所說的一字一句，惠子拿出記事本寫下重要

的關鍵詞句。那就是 Amazon.com、book categories 和 look inside。

──book categories 是「書本類別」的意思。look inside 是「看看裡面」。奇怪，這好像在哪裡看過？對了，日本的 Amazon.co.jp® 中也有類似的東西。這兩者是一樣的嗎？

在此之前，惠子從來不曾去過美國網路書店 Amazon.com® 的網站，也不知道它有試讀書本內容的功能。但是自己的推測真的正確嗎？

看到惠子疑惑的表情，大衛只說了「稍等一會兒，我讓妳們實際見識一下。」後便快步離去。幾分鐘之後，他拿著筆記型電腦回來，連到 Amazon.com® 的網站，開啟 The Outcast 這部漫畫的頁面。

"Here's a page for an English manga." （這是英文漫畫的頁面）

點選有 Look Inside 的書本封面就能看到內容。

顯示購買的商品型態
Kindle Edition：Amazon.com 所販賣的電子書
Paperback：紙本書

　　然後大衛將滑鼠推到兩人面前，要她們實際試用 Look Inside 功能看看。

　　惠子和里香依照大衛的指示，試著點選了封面上的 Click to Look Inside!（**A**）。然後漫畫的封面就出現了！繼續點選後便會逐次顯示漫畫內頁。

　　原來可以像這樣在 Amazon.com® 的網站上試讀啊。如果當初就使用這種功能，就不會誤買馬克・吐溫的書了。惠子在心中暗自懊悔。

　　此時，里香說話了。

　　「喂，大衛剛才有提到過 Kindle 應用程式吧。那和這個畫面上的 Kindle Edition 有關係嗎？」

　　里香手指的 Formats 這個表格（**B**）上寫有 Kindle Edition 和 Paperback。Paperback 就是紙本書籍。將 Kindle Edition 翻譯成中文後的「Kindle 版本」又是指什麼呢？惠子問過大衛後才知道，Kindle Edition 是 Amazon.com® 對於電子書商品的稱呼方式。這部漫畫同時有著紙本和電子書供人購買。現在用 Look Inside 功能看到的是紙本頁面。

"Are you interested in e-books?" （妳對電子書有興趣嗎？）

　　說完，大衛點選了 Formats 底下的 Kindle Edition（Kindle 版本）字樣。畫面突然改變。雖然和剛剛的畫面很像，但卻是訂購電子書的專用畫面。仔細一看，畫有女孩圖案的封面底下多了 Kindle edition 這行文字。

Kindle Store 表示進入 Kindle 版本電子書的商店。

Kindle 版本電子書的書本畫面

Kindle edition 文字

Send sample now
這個按鈕將在第五章介紹

　　大衛接著又說：

　　"If you download the Kindle app, you can read e-books on your PC." （如果妳下載了 Kindle 應用程式，就可以在電腦上閱讀電子書）

「可以在電腦上閱讀電子書？這是真的嗎！」

「我也不知道耶！」

雖然剛才聽到能夠用 iPhone 閱讀電子書時已經嚇了一跳，但是惠子與里香還是第一次聽說連普通的電腦都能閱讀電子書。她們一直以為，只有購買某種特殊硬體才能閱讀電子書。Kindle 應用程式可以安裝在 iPhone 之類的智慧型手機和電腦上，而且能夠用來閱讀 Amazon.com® 所販賣的電子書。也就是說，目前顯示的 The Outcast 這部漫畫的電子版也能在電腦螢幕上全部讀完。

"With the Kindle app, you can also get free sample chapters of e-books and keep them on your PC." （只要有 Kindle 應用程式，就能取得電子書的免費試讀章節，還能將之儲存在電腦裡面）

大衛指向畫面的右下方。

Try it free

Sample the beginning of this

book for free

Send sample now

惠子一邊記下這些英文，一邊試著翻譯成中文。上面寫著「免費試讀」，免費試讀這本書的開頭章節，現在立刻傳送試讀檔案。剛才操作的 Look Inside 是閱讀紙本內容的功能，但是只能用瀏覽器閱覽內頁而無法儲存。簡單來說，就是只能在那邊看看而已。但是如果使用 Kindle 應用程式，就能將電子書的免費試讀檔案儲存在自己電腦或其他行動裝置內了。以街上的書店來比喻的話，就像是老闆說「把書的前面幾十頁帶回家看也沒關係」，而不是只能夠「在店裡面站著看」。當然，因為是電子書，所以並不會將書頁截下來，只是把資料傳送到手機或電腦中而已。

惠子和里香認為 Kindle 應用程式簡直就是魔法道具。兩人興奮地互相確認剛學會使用的功能。

只要使用 Kindle 應用程式
就能夠用 iPhone 閱讀電子書！
還能夠用電腦閱讀電子書！
更能夠取得並儲存電子書的免費試讀檔案！

大衛因為兩人的反應而露出高興的表情，將下載 Kindle 應用程式的方法教給了惠子。還告訴里香從 iPhone 畫面直接開啟 App Store 較為簡單。他說只要輸入 Kindle 搜尋應用程式，接下來只需要按下安裝按鈕就行了。然後，他拿出身為教師的風範，彙整了選擇適合自己的書的具體方法。惠子的筆記內容如下。

Step 1　在 Amazon.com® 瀏覽書本類別並選擇喜歡的分野。
Step 2　如果感興趣的書上有著「Look Inside」就看看其內容。
Step 3　如果覺得不有趣，就尋找其他有著「Look Inside」的書並閱覽內容。
Step 4　一旦找到感覺「就是這個！」的書，而且它有 Kindle Edition 的話，就下載免費試讀檔案（不過，Step 4 必須要有 Kindle 應用程式才能辦到）。

會談結束並從椅子上起身後，大衛深吸了一口氣，然後說：「※e-book 對於『好』的英文閱讀來說非常『好』用呢。」
惠子與里香因為大衛突如其來的冷笑話而愣了一下，然後立刻爆笑。(※ 譯註：這裡的「好」在日文原文是「いい」，英文發音同「e」，是同音雙關語。)
"You could just call it e-reading!"　(可以乾脆稱為 e-reading 呢！)

　　因為冷笑話成功，一臉滿足的大衛如此總結，說自己接下來有課並向兩人道別。遠超乎想像的收穫，讓惠子忘了好好道謝。里香只是一昧說著「Thank you very much」。

　　在回家的路上，惠子想著「今天的成果真是豐碩」。如同大衛利用漫畫示範的那樣，只要在電腦上試讀書本的前面幾頁，就能在自己家裡找到有趣的書。根本不需要花時間專程跑到書店。然後還有 Kindle 應用程式！只要使用這項工具，就能免費取得書籍的試讀內頁。「好，就來試試看吧！」惠子如此下定決心。

★Chapter 2 重點摘要！

❶ 只要點選 Amazon.com® 的書本上的「Look Inside」，就能在網路上「試讀」英文書。

❷ 只要下載由 Amazon.com® 提供的免費電子書閱讀軟體 Kindle 應用程式，就能在智慧型手機和電腦上閱讀英文書。

❸ 而且使用 Kindle 應用程式，還能在智慧型手機和電腦上儲存並閱讀電子書的開頭數頁，就算沒有購買電子書的專用閱讀器也無所謂。

❹ 如果想找到適合自己的書，可以到擁有豐富英文書籍的 Amazon.com®，從喜歡的類別中找書，而且還能使用「Look Inside」和 Kindle 應用程式閱讀試讀檔案以防止失敗。

大衛將 Amazon.com® 的用法傳授給對此一無所知的惠子與里香。接著就來整理 Kindle 的相關資訊吧。

解說

Kindle 是什麼？

聽到「Kindle」這個單字，很多人都會立刻想到手掌大小的電子書閱讀器。但其實「Kindle」是 Amazon.com® 的品牌名稱，主要用於下列這三項不同的物品。

1. Kindle Apps —— Kindle 應用程式
用來閱讀亞馬遜書店的 Kindle Edition 電子書的應用程式（軟體）。依據支援的硬體裝置而分成數種。

2. Kindle Reader —— Kindle 閱讀器（將在第五章介紹）
用來閱讀電子書的產品（硬體）。

3. Kindle Edition —— Kindle 版本（將在第三章介紹）
亞馬遜書店稱呼電子書的方式。

第二章主要是介紹這三者之中的 Kindle 應用程式。下面將繼續深入說明。

Kindle 應用程式是什麼？

Kindle 應用程式是無形的軟體，可以安裝在硬體上運作，也是能夠閱讀、訂購並發佈電子書及其試讀檔案的免費應用程式（App）。

令人意外的是，很多人不曉得 Kindle 應用程式可以在下列機器上使用。

Windows 電腦（Windows XP、Vista、7）
麥金塔電腦（Mac OS 10.5 之後的版本）
iPhone（包含 iPod touch）
iPad
Android（安卓作業系統智慧型手機）
BlackBerry（黑莓機）

就算沒有專門用來閱讀電子書的硬體產品，只要在上述的電腦或智慧型手機中安裝 Kindle 應用程式，就能到亞馬遜書店的 Kindle Store 購買書籍或下載試讀章節了。Kindle 應用程式是能夠將您擁有的硬體裝置變成電子書閱讀器的神奇軟體。

從 Amazon.com® 首頁上下載的方法

下載 Kindle 應用程式的方法有好幾種。這裡要介紹最簡單易懂的方法，也就是到 Amazon.com® 首頁開啟下載畫面的方法。

請依照下列順序展開選單。

**Shop by Department → Kindle → Free Kindle Reading Apps
→選擇目標機器的畫面**

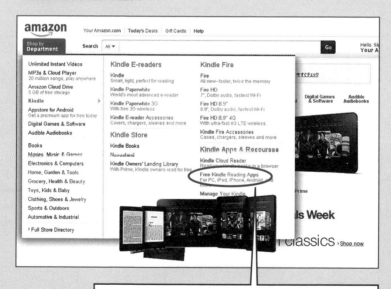

點選 Free Kindle Reading Apps，就能連結到各種智慧型手機（Smartphones）、電腦（Computers）、平板電腦（Tablets）專用的應用程式下載畫面。

應用程式的下載畫面與方法會因裝置種類而異。請依照這些畫面上的指示下載 Kindle 應用程式。

　　雖然應用程式是免費的，但還是需要輸入下列資料。如果只是要閱讀免費的試讀檔案和著作權消滅的書（有些著作權消滅的書是免費的），就完全不需要輸入姓名、住址和信用卡資料。

・電子郵件信箱
・自己決定的密碼

　　已經擁有 Amazon.com® 帳號的人，可以直接輸入登錄完畢的電子郵件信箱和密碼。

選擇想要下載 Kindle 應用
程式的機器。

※ 如果是 iPhone、iPad、iPod Touch 的使用者，可以從蘋果公司的 App Store 上取得 Kindle 應用程式。

Kindle 應用程式是 e-reading 的代表性工具

在可以下載 Kindle 應用程式的機器中，您已經擁有多少部了呢？如果有電腦或智慧型手機之類的數位裝置，就能輕鬆地開始進行電子書的 e-reading 了。本書介紹的 Amazon.com® 的 Kindle 應用程式是讓 e-reading 變得可行的代表性工具。

現在，台灣的電子書商店還不多，只有電子書閱讀器和相關軟體引進國內。另外，美國還在 2010 年由 Google 推出電子書商店 Google ebookstore，讓更多種數位裝置能夠閱讀英文書內容。Google ebookstore 預定將逐漸開始在包含台灣的世界各國開放服務。

未來，電子書將逐漸變成我們日常生活中的一部份。活用電子書的 e-reading 將會大幅拓展我們接觸各種英文資源的機會，而這是紙本媒體難以辦到的事。

Chapter

3

在網路上找書

　　隔天，惠子在自己家裡打開筆記型電腦的螢幕，連到了 Amazon.com®。電腦旁邊放著昨天的筆記。她先下載了 Kindle 應用程式。這樣就能用自己的電腦閱讀電子書，還能取得免費試讀章節。依照大衛教過的步驟輸入電子郵件信箱和密碼後，立刻就得到應用程式了。惠子滿足地看著新增到電腦螢幕上的 Kindle 圖示。

Kindle for PC

　　那麼，接下來就是找書了。自己提議舉辦的第一次讀書會可說是完全失敗。雖然聚集而來的四位夥伴的氣氛比預料的還要好，但是選擇的書實在太糟了。為了下一次的讀書會，一定要選一本好讀又有趣的書才行。惠子感到身為發起人的強烈責任感。

　　根據大衛的說法，想要有效率地尋找英文書，Amazon.com® 絕對是最好的地方。Amazon.com® 販賣的書本數量非常多，而且還整理的一絲不苟。大衛說在沒有特定目標時，隨意在書本類別中尋找陌生的書是一件有趣的事情。

回到 Amazon.com® 首頁之後，可以看到畫面左上方的灰黑色方塊「Shop by Department」。將滑鼠游標移到正下方的「Books」之後，就會在右邊出現選單。其中有 Books 這個項目，請點選它。

Amazon.com®（http://www.amazon.com）的首頁

這樣就會在畫面左側顯示書本類別（Categories）。排列順序是由英文的開頭字母決定。

Arts & Photography（美術與相片）

Audiobooks（有聲書）

＜中間省略＞

Sports（運動）

Teens（青少年讀物）

光是類別就已經超過三十多個項目，這讓惠子不知道該從哪裡開始找起。雖然先點開 Children's Books（童書）的項目，但是有著可愛動物跳舞的繪本封面實在讓人提不起勁。Mr. 馬場應該也不會喜歡才對。

——大家都會感興趣的類別是什麼呢？喜歡裝潢與園藝的人應該會選擇 Home and Garden（居家與庭園），但我和里香都不是這種類型的人。Romance（羅曼史）看起來似乎不錯……。

就在惠子打算點選 Romance 時，她注意到下方的 Teens。

—— Teens 是 Teenage 嗎？給十多歲年輕人看的書又如何呢？比起大人看的書更簡單，說不定會很好讀。

點選 Teens 之後又出現更詳細的類別了。從更加細分的類別中選擇 Love & Romance 之後，就出現許多附有「Look Inside」的書了。惠子覺得有趣，便到處點選書本並看個幾頁。回過神來才發現用掉了不少時間。此時，The Carrie Diaries 這本書的封面突然映入她的眼簾。

讀過頁面上關於這本書的簡介後才知道，這裡的凱莉似乎就是以紐約為舞台的電視劇「慾望城市」（Sex and the City）的主角凱莉 • 布雷蕭（Carrie Bradshaw）。這好像是凱利在前往紐約之前的高中時代日記。看過電影「慾望城市」的惠子湧起興趣讀了幾頁。故事是從簡單的對話開始。主角是名高中女生，讓人很有親切感。

——就決定是這本了！這次的讀書會要從一百多年的馬克 • 吐溫一口氣飛躍到現代。

惠子品嘗到完成一件大事般的成就感。她還是第一次這麼認真地瀏覽網站，而且還是英文網站。仔細一想，在這段期間內，她看了書本和作者的簡介，查了讀者發表的書評，還試讀了幾頁，一直沉浸在英文世界之中。

點選 First Pages（第一頁）就會直接顯示內文。

點選 Kindle Edition 就能前往販賣電子書的 Kindle Store。

　　——咦？難不成，光是「尋找英文書」這個過程也算是在進行英文閱讀嗎？為了達成某種目的而使用英文。這難道不是一種非常自然的英文接觸方式嗎？

　　在思考這些事情的時候，惠子在 *The Carrie Diaries* 畫面中的 Formats 表格找到了 Kindle Edition。大衛給她看過的漫畫書上也有 Kindle Edition。有電子書版本！這就表示，應該可以用下載安裝好 Kindle 應用程式的自己電腦來取得免費試讀檔案。

　　迅速點選 Kindle Edition 後，就出現 Kindle 版本的 *The Carrie Diaries* 畫面了。而且封面還不一樣！這種封面比較可愛。

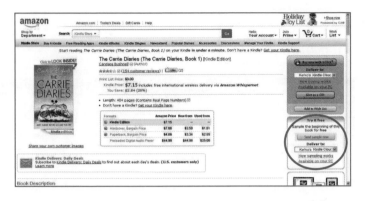

　　惠子在這個畫面中找到了大衛所說的 Send sample now 按鈕。馬上點選之後，畫面又改變了。

Your free sample is being sent to Keiko's Kindle for PC.
Click on the button below to open Kindle for PC and automatically download the sample to your Home screen.

（您的**免費試讀檔案**正傳送到 Keiko's Kindle for PC。請點選下面的按鈕。打開 Kindle for PC 就會自動將試讀檔案下載到您的電腦螢幕上。）＜中間省略＞

　　只是輕輕按下 Go to Kindle for PC。數十秒後，惠子的電腦螢幕上便放著金光閃閃的 *The Carrie Diaries* 封面了。這就是試讀檔案。惠子試著點選了試讀檔案的封面。沒想到內容竟然多達數十頁，可以一直看到第三章為止。

　　——真的和大衛教的一樣，成功了！只要有 Kindle 應用程式，就能試讀 Amazon.com® 上的數十萬本電子書。過去那個以為要買英文書就必須跑到書店的自己真是笨蛋。完全不曉得這種能夠輕易拓展可能性的方法。實在是太感激大衛了。

　　惠子為了談論應用程式的事情而打電話給里香。由於里香已經

從智慧型手機的 App 商店上下載了 Kindle for iPhone，所以惠子交代她下載 *The Carrie Diaries* 的試讀檔案。擔心馬場先生的狀況而打了電話後，他不出所料地詢問「應用程式是什麼啊？」，而且完全不明白惠子的話。

「我們對於這種高科技產物實在沒轍。為了在家裡裝設無線網路，我上個月請以前的部下到家裡一趟。現在已經可以在家裡的任何地方使用網際網路了，非常方便。如何？能不能請妳在我家舉辦讀書會，然後在那時教我們 Kindle 應用程式的用法呢？在那之前，我們會先在電腦螢幕上使用 Look Inside 功能。只能看的話果然還是很不方便。」

「也好。不過，應用程式很快就能下載好喔。」

放下話筒之後，惠子因為讀書會即將順利進行的預感而對未來感到樂觀。

★Chapter 3 重點摘要！

❶ 由於 Amazon.com® 細分出許多書籍類別，因此有著容易找到自己喜歡的書的優點。

❷ 再加上，它還有將近六十萬冊的電子書，只要有 Kindle 應用程式就能免費下載其試讀檔案。

❸ 因為在 Amazon.com® 上尋找有趣的書時，會讀到書籍大綱與作者簡介，所以自然會接觸到大量的英文。其實這也是一種英文閱讀。

❹ 在 Teens 類別可以找到比較容易閱讀的書。

接著將繼續說明作為書籍資料庫的 Amazon.com® 與惠子所選擇的 Teens 類別。

Amazon.com® 是尋找英文書的最佳場所

　　Amazon.com® 號稱是全世界最大的網路書店，架上的英文書多達數百萬本。可是，只把 Amazon.com® 視為一般的書店是件非常浪費的事。之所以這麼說，是因為 Amazon.com® 同時也是為大量書籍作出分類，將內容大綱、作者簡介、讀者書評等資訊全都清楚明白地整理在一起的巨大資料庫。最近還刊載了許多的影片資訊。即使不打算買書，只是隨意逛逛網站，也能得到找書的線索。可以用「Look Inside」功能試讀紙本書籍。然後，如果有 Kindle 應用程式，就能將電子書的試讀檔案，傳送到自己的電腦或智慧型手機中並加以儲存。由於電子書不需要像紙本書籍那樣寄送實體，所以只要找到「想要閱讀」的書，就能立刻從 Kindle Store 買下。

　　惠子展開書本類別，在 Teens 這個類別中找到了書（當然，也可以直接搜尋作者名字或書名來找尋想要的書）。不斷深入書籍類別時，有時候會陷入搞不清楚目前位置的「迷路」狀態。在這種時候請點選頁面左上角的 Amazon.com® 標章（Logo）。這樣就能立刻回到首頁了。

「Teens」：所謂的青少年（YA）類別

　　Amazon.com® 的其中一項搜尋類別 Teens 是美國出版業界稱之為 Young Adult：YA（青少年）的類別。美國出版業界是把 YA 類別定位在童書與成人書籍之間。主要的分類基準是登場人物的年齡，特徵是以 14 歲到 21 歲之間的思春期主角的視點進行描寫的故事非常多。

比如說，最近的作品有史蒂芬妮・梅爾（Stephenie Meyer）的《暮光之城》（Twilight Saga）系列、J.K. 羅琳（J. K. Rowling）的《哈利波特》（Harry Potter）系列。如果提到較早之前的作品，還有 C.S. 路易斯（C. S. Lewis）的《納尼亞傳奇》（The Chronicles of Narnia）、J.D. 沙林傑（J. D. Salinger）的《麥田捕手》（The Catcher in the Rye）、威廉・高丁（William Golding）的《蒼蠅王》（Lord of the Flies）等等，這些在台灣也耳熟能詳的名著。

YA 類別的書大致上都有著單純且節奏明快的故事發展。登場人物的行為模式也大多較為單純。YA 類別的高品質書有很多都適合給大人閱讀，甚至到了定位成青少年讀物頗為可惜的地步。對於想要依循自己的興趣尋找好讀的英文書的人來說，這是值得推薦的類別。

只要在 Amazon.com® 的 Books 類別中選擇 Teens，就會在一開始的畫面中顯示當季最受歡迎的「暢銷書」。不過，建議您還是先使用「Look Inside」功能看過之後再選擇書。比如說，上面列舉的《哈利波特》系列雖然有名，但卻有著英國作家特有的超長敘述，因此會讓某些人感到難以閱讀。

在日本現代作家所寫的小說中，也有不少能夠分類在 YA 類別的書。我們較為熟悉文化背景的日文小說的英文版本，其實也是不錯的英文閱讀對象。詳情請參閱 168 頁的說明。

補充資訊

本章介紹的 *The Carrie Diaries* 在台灣是被翻譯成《凱莉日記【慾望城市正宗前傳】》，由皇冠出版社於 2011 年 11 月 28 日出版。

Chapter

4

讀看看試讀章節

　　讀書會當天，大家集合到馬場夫妻家的客廳之後，馬場太太便端出準備好的紅茶和餅乾。里香才剛聽到「請用」這句話沒多久，便將手伸向盤子。

　　「哇，是餅乾耶！我沒有時間吃晚餐，肚子餓得要死呢！」

　　馬場太太露出似乎有話要說的高興表情，但 Mr. 馬場搶先開口：

　　「這是內人今天烤好的餅乾。在美國的女兒送來了食譜，而且還細心地將內容全部翻譯出來，所以很容易就成功了。但其實內人她是想要看著英文食譜來烤餅乾。」

　　「超級好吃！我可以再拿一個嗎？」里香完全不知道什麼叫做客氣。

　　全員都坐到沙發上之後，馬場先生啟動了電腦的電源。惠子和里香分別用筆電和 iPhone 打開 *The Carrie Diaries* 的內頁。

　　「我和里香都用 Kindle 應用程式拿到試讀檔案了。其實我昨天還搜尋了 Kindle 版本的 *Roughing It*。然後當我發現可以免費取得整本書的時候，真的受到了不小的打擊。因為著作權已經消滅，所以那本書似乎是免費的。為了一本看沒幾頁就放棄的書，我還特地跑到書店付了上千元。如果早一點知道有這個應用程式就好了。不管怎樣，因為下載馬上就能完成，所以我們立刻用馬場先生的電腦進行下載吧。」

幾分鐘之後，馬場家的筆電螢幕上也顯示出 *The Carrie Diaries* 開頭的清晰文字。馬場夫妻大呼「這樣很容易閱讀呢」並欣喜不已。

「應用程式的用法很簡單吧。如果使用智慧型手機，就可以在搭乘電車或等待客戶時，一點一點進行閱讀，所以非常方便。而且下一次啟動程式時，還會直接開啟上次讀到的最後一頁，根本不會有『咦？我剛才讀到哪裡了？』的煩惱喔。」里香也一臉得意。

「再來看看應用程式附帶的字典功能吧！只要把手指放在單字上，頁面上就會直接顯示定義。雖然定義也是英文，但是用簡單英文重新解釋之後的定義能夠幫助理解。我能夠讀上好幾頁的英文書全都是多虧了這個功能呢。」

用安裝 Kindle 應用程式的 iPhone 顯示試讀內頁並使用字典功能的畫面

（關於 Kindle 應用程式的安裝方法，請參閱第二章的解說。）

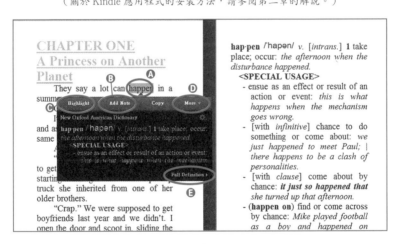

🅐 按住單字 happen，畫面下方便會顯示定義。

🅑 選擇 Add Note 就能自由寫上註解。

🅒 選擇 Highlight 就能為這個單字加上顏色。

🅓 選擇 More 就能在 Google 或 Wikipedia 等網站上搜尋這個單字。

🅔 按下 Full Definition 就會顯示更詳細的定義。

確認全員都取得 *The Carrie Diaries* 的試讀檔案之後，惠子便催促大家打開第一頁。在開始閱讀之前，還有一件事情必須確認。

　　「這次選擇的書是 *The Carrie Diaries*。在今天大家讀過這本書之後，我想決定我們是不是應該購買這本書，以便在下一次的讀書會中閱讀。」

　　說出這句話的同時，惠子發現 Mr. 馬場稍微皺起了眉頭。惠子假裝沒有發現，繼續向大家說明選擇這本書的理由。在亞馬遜書店試讀的時候，這本書沒有滿滿的字，對話又多，因此給她很好的印象。還說 Carrie 就是電影「慾望城市」的女主角凱莉・布雷蕭，而這本書正是凱莉在高中時代的故事。

　　「有人看過『慾望城市』嗎？」惠子問。

　　這是以紐約為舞台，發生在四位女性朋友之間的工作與戀愛故事，非常受女性觀眾歡迎。Mr. 馬場依然沉默不語。

　　惠子接著朗讀開頭。

> They say a lot can happen in a summer.
> Or not.
> It's the first day of senior year, and as far as I can tell, I'm exactly the same as I was last year.
> And so is my best friend, Lali.
> "Don't forget, Bradley, we have to get boyfriends this year," she says, starting the engine of the red pickup truck she inherited from one of her older brothers.
>
> *The Carrie Diaries* by Candace Bushnell

（據說人有可能在一個夏天遇到許多事情，但也可能不會。
今天是升上三年級的第一天。不過，以我自己的情況來說，去年的我與現在的我幾乎完全沒有兩樣。
我的好朋友 Lali 也是一樣。
「Bradley，千萬別忘了。我們今年一定要交到男朋友。」她這麼說，然後啟動哥哥讓給她的紅色小型卡車的引擎。）

「這是凱莉在前往紐約之前，還是個高中生時的日記。她朋友是以 Bradley 來稱呼凱莉，這八成是她的姓 Bradshaw 的暱稱吧。」

「我也這麼認為。這本書並沒有馬克・吐溫那麼困難。不過，我翻字典查了許多單字，但還是有找不到的單字。」馬場太太出乎意料地率先發表評論。里香點頭同意。

「我也一樣。我跳過所有看不懂的地方，只知道凱莉喜歡上一個帥哥轉學生而已。」

惠子問馬場太太搞不懂的單字是哪一個。

「我記得 prom 這個單字出現了好幾次，但是我所擁有的小字典只說它是 promenade 的簡稱。Promenade 是『步道』的意思對吧？這樣的意思根本就說不通。」

惠子試著調查了 prom 這個單字。它是指美國高中生畢業時舉辦的舞會。因為傳統習俗是由男生邀請女生參加，所以對於沒有男朋友的女生來說，能不能在畢業之前找到男伴是高中生活的一大要事，尤其三年級學生更是如此。惠子如此說明。

「原來如此，就是類似畢業派對的活動，而且還是那種正式的舞會對吧。然後還有 someone's got to shake things up around here 這句台詞。明明每一個單字我都知道，但就是搞不懂這句話的意思。」

馬場太太不明白的是，朋友建議凱莉不要穿退流行的搖擺靴（Go-go boots）的場景。

"Bradley," she says, eyeing the boots with disdain. "As your best friend, I cannot allow you to wear those boots on the first day of senior year."

"Too late," I say gaily. "Besides, someone's got to shake things up around here."

（「Bradley。」她以輕蔑的眼神看向靴子說：「身為妳的好朋友，我可不允許妳在升上三年級的第一天穿著那種靴子來上學。」

「已經太遲了。」我朝氣蓬勃地說：「而且，？？？？？」）

「如果是這樣的話，可以使用英辭郎。」惠子說。

「※『英辭郎』是誰啊？」馬場先生和里香異口同聲地問。

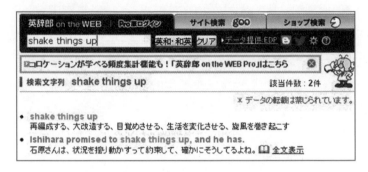

英辭郎 on the WEB http://www.alc.co.jp

還能從 App store 上下載 iPhone、iPod touch、iPad 專用的免費應用程式

（※編註：英辭郎是由一群想製作「什麼都查得到的字典」的人所組成，至今不斷更新內容的英和‧和英辭典資料庫。這個資料庫收集許多一般字典沒有的新詞彙及說法，對於有研究需要的人及譯者來說是非常便利的工具，唯一的缺點在於無法保證其正確性，建議與一般字典合併使用。台灣目前沒有類似的線上字典，讀者可參考使用 Yahoo! 奇摩字典 http://tw.dictionary.yahoo.com/。）

「那不是人名，是一種線上字典啦。這個字典中有很多的俗諺與時事英文，只要在電腦中輸入英文單字就能立刻翻譯成日文。還能同時調查多個單字，所以應該查得到『shake things up』才對。」

馬場太太將放在丈夫面前的電腦挪向自己，開始調查英辭郎的網站。馬場先生似乎因為電腦被拿走而感到無聊，沒多久便跑到廚房裡去了。先輸入英辭郎的 URL 再輸入 shake things up※ 之後，就顯示出翻譯結果了。三人將 someone's got to shake things up around here 的意思解釋成「必須有人在這一帶（學校）掀起旋風才行」。

（※譯註：譯者試過其他線上英漢字典，但都無法成功翻譯出 shake things up 的意思，故在此沿用原文所舉的範例網站。）

「話說回來，這個 go-go boots 是什麼樣的靴子呢？」里香問。

「我以前曾經穿過。當然，在結婚之前就丟掉了。如果要說那是什麼樣的靴子的話……」在馬場太太思考該如何形容的時候，里

香說話了。

「對了，要不要用 Google 查查看？只要看過圖片就能立刻明白那是什麼樣的靴子了！」

里香開啟 Google 的畫面，然後選擇圖片搜尋並輸入 go-go boots。

在 Google 首頁上點選「圖片」就會變成圖片搜尋的畫面。

Google
http://www.google.com

go-go boots

按下 Enter 鍵之後，整個畫面上立刻滿滿地顯示出五顏六色的照片。

「對對對，就是這種靴子。」馬場太太似乎想起了過去並喃喃自語。

惠子和里香差點昏倒。沒想到眼前這位文靜謙恭的夫人，竟然會穿這種潮到不行的厚底靴。難道她年輕時其實是個辣妹嗎？

「要不要順便調查一下 prom 呢？不知道美國的高中生都是舉辦什麼樣的舞會？如果我孫女升上高中，應該也會參加舞會對

吧？」

被催促著輸入 prom 之後，就出現身穿燕尾服的男性，以及穿著各式晚禮服的女性圖片了。如果遇到不熟悉的英文名詞，有時候直接看過圖片會比閱讀字典定義來得容易理解。因為「百聞不如一見」。

©Ken Stokes/2005/Prepromhttp://en.wikipedia.org/wiki/File:Preprom.jpg

里香、惠子、馬場太太三人已經完全把氣氛完全炒熱了。她們一起閱讀 *The Carrie Diaries*，不斷調查不懂的單字，光是這樣就有許多有趣的新發現。困難的地方則由事先研究過的惠子進行解說。回過神來之後，才發現 Mr. 馬場去廚房後便一直沒有回來。馬場太太前去叫他。從廚房的方向傳來 Mr. 馬場的一絲聲音。

「又是做愛、又是男朋友、又是搖擺靴的，再不然就是跳舞，這些女人的話題我根本沒興趣！妳也為我這唯一的男人想想吧！」

馬場太太似乎正在安慰丈夫。惠子與里香互相看向彼此。

「這的確不是馬場先生會感興趣的話題。」

「情況好像有些不妙。」

數分鐘後，馬場先生終於回來了，但依然臭著一張臉。保持沉默一會兒會後才緩緩開口。

「這個讀書會乾脆就由妳們這些女人繼續辦下去如何？我就不參加了。能夠看到內人久違的笑容是件令人高興的事。不過，女高中生和男朋友發生什麼事情，這樣的話題就饒了我吧。真的很抱歉，

我實在沒辦法把這本書全部讀完。」

——如果 Mr. 馬場不參加這個讀書會的話，就只剩下我自己一個人還算懂英文了。不擅長英文的馬場太太和里香會一直陪我讀下去嗎？要是她們厭倦了該怎麼辦？腦海中突然閃過里香脖子上掛著花環跳著草裙舞的模樣。真是糟糕。不行，絕對不能在這裡失去 Mr. 馬場這個強力的夥伴！

惠子絞盡腦汁全速思考。

「馬場先生，不然這樣如何？買書要花上不少錢，我們每個人的興趣和喜好也不一樣。既然如此，那我們要不要只閱讀書的其中一部份呢？」

「一部份……只讀開頭幾頁嗎？」里香半途插嘴。

「沒錯。就是大家一起像今天這樣閱讀書本開頭就好。讀書會一個月舉辦一次，每個月依序決定一位讀書會負責人。負責人可以從自己感興趣的分野尋找喜歡的英文題材，並負責向所有成員進行解說。當然，雖然成員也必須讀一樣的書，但卻是由負責人主導討論過程。這樣一來，大家就能多少學到一些不同分野的東西，負責人也能夠將自己感興趣的主題介紹給其他成員。想要繼續讀下去的人，只要自己去買書就行了。這樣的讀書會不但可以將大家的興趣拓展至未知的分野，而且還不需要花錢。」

「也對，凱莉的故事跳著看幾頁是還好，但是要全部讀完的話，我應該辦不到吧。而且用數位裝置閱讀電子書的試讀檔案，不就是大衛所說的 e-reading 嗎？我贊成惠子的提議！」

里香立刻幫忙說話。惠子決定為今天的讀書會做出總結。

「馬場先生，如何？能麻煩您擔任下個月的負責人嗎？請您選擇自己喜歡的書，而高中女生的話題就到今天結束。這樣可以嗎？」

馬場五郎緩緩點頭。每次都用數位媒體閱讀不同主題的英文素

材，並由負責人自由選擇覺得有趣的書，這是個不錯的主意。

「e-reading 是很有意思的新名詞。我明白了，下次就由我來負責舉辦讀書會吧。」

「各位，讀書會的基本規則（ground rule）就這麼決定了。不過讀書會還沒有一個正式名稱，請在下個月之前想想看吧。」

惠子這番話為第二次讀書會劃下了句點。

⭐ Chapter 4 重點摘要！

❶ Kindle 應用程式附有英文字典功能，用手指頭按住單字，就會在畫面上顯示其定義。能夠在書本內文頁面上直接查詢單字意義是 e-reading 的一大優點，還能夠讓閱讀過程變得更快樂。

❷ Google 的圖片搜尋可以用來代替字典。

接著將補充說明 Google 的圖片搜尋。

圖片搜尋有時候會比字典來得清楚明白

里香她們在這一章裡用 Google 的圖片搜尋功能調查了 go-go boots 和 prom 等單字。

在閱讀英文文章且遇到不認識的單字時，直接看圖片有時候會比查詢字典還要能夠讓人理解其意義。

試著讀看看下面這一段文章吧。

Glass collection points, known as Bottle Banks, are very common near shopping centres, at civic amenity sites and in local neighborhoods in the United Kingdom.

（名為瓶子銀行的著名玻璃回收站在英國的購物中心附近或垃圾場旁邊及其鄰近地區是隨處可見的）

Wikipedia, Glass recycling, http://en.wikipedia.org/wiki/Glass_recycling

看到 bottle bank 這種不常見的單字組合時，您的腦海中可能會浮現「bottle bank ？瓶子銀行到底是什麼東西？」這樣的疑問。查字典後，可以查到下面這樣的定義。

bottle bank（資源回收的）空瓶回收站

雖然明白它是一種資源回收設施，但「回收站」這個解釋卻會讓人誤以為它是某種建築物。可是只要進行圖片搜尋，就能讓人瞬間明白「原來就是這種東西」。在英國就是把這種空瓶回收桶稱之為 bottle bank。

食譜中提到的料理用具也能利用圖片搜尋來確實搞懂。只要一有搞不清楚到底長什麼樣子的英文單字出現，請一定要利用圖片搜尋功能來取代字典。

ladle
（杓子）

wok
（炒菜鍋）

strainer
（過濾器）

Chapter 5

電子書閱讀器

　　馬場五郎放心了。雖然對 *The Carrie Dairies* 感到失望，但是他仍然想要繼續參加讀書會。而且，妻子和其他成員說話時久違笑容也是個好現象。惠子小姐提出輪流舉辦讀書會的制度後，也有機會可以選擇自己喜歡的分野。

　　看來今天有非常多的課題必須解決。

　　第一個課題是選書。不知道有沒有好看的書，到惠子小姐推薦的 Amazon.com® 去找找看吧。惠子小姐是在 Teens 類別中找到 *The Carrie Dairies*。那麼我自己要選擇哪個類別呢？逐一看過各種類別後，目光自然停留在 Science & Math 上。雖然五郎並非理科出身，但是在退休之前經常於通勤電車上，閱讀感興趣的科學雜誌。如果是科學類別的話，應該就不會有什麼搖擺靴還是跳舞之類的東西出現了吧。點選 Science & Math 之後，便出現了許多封面。未知的書名令五郎心生膽怯，但他還是在頁面右邊找到了 Bestsellers（暢銷書）的十本書（Ⓐ）。No. 1 是諾貝爾經濟學獎得主的心理學家康納曼（Daniel Kahneman）※ 的書（※ 編註：根據 2012.12.10 時的排行榜）。

　　因為感興趣而點選 See all bestsellers in Science（Ⓑ）之後，便顯示出排名最前面的二十本書，其中有一本書的封面是拿著行李箱在宇宙中漂浮的太空人。「哦，好像很有趣。」直覺如此認定。書名是 *Packing for Mars: The Curious Science of Life in the Void*（《打包去

火星：太空生活背後的古怪科學》，貓頭鷹出版社於 2012 年 8 月出版）。「替火星打
包行李？太空生活的深奧科學？」這到底是在寫什麼呢？

這和 Look Inside 一樣是用來閱讀內文的按鈕，可以顯示 Kindle 版本的清晰頁面。只不過須要申請 Amazon 帳號及下載 Kindle app。

　　畫面上不但有「Look Inside」標記，還有 Send sample now 按鈕。這是用電子書版本 Kindle Edition 試讀書本內文的功能。雖然這是和「Look Inside」一樣的功能，但是在上一次讀書會中曾經聽說，比起紙本的試讀檔案，電子書版本的內頁會比較清楚。馬上點選 Kindle Edition 的試讀檔案之後，便看到第一章章名頁上的日文了。用紙摺成的火箭上印著日文字「スペースシャトル」（即 Space Shuttle，太空梭）。

　　這一章的標題是「He's Smart but His Birds are Sloppy——他很聰明，但是他的鳥很隨便」。這到底是什麼意思呢？翻開下一頁後，作者採訪日本宇宙航空研究開發機構（JAXA）的場景便開始了。以日本為舞台這一點非常棒。而且說到 JAXA，就是達成發射探測器「隼鳥（Hayabusa）」並從小型惑星「絲川（Itokawa）」取回微粒子之壯舉的組職。如果是這本書的話，其他成員應該也會感興趣才對。五郎對初次試讀的成果感到非常滿意，並決定選擇 Packing for Mars。

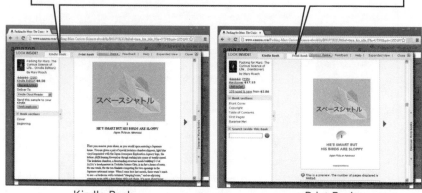

點進 Look Inside 預覽頁面，依書籍可選擇 Kindle Book（電子書版頁面）或 Print Book 來試讀（印刷版頁面）。

Kindle Book　　　　　　　　　　Print Book

這樣就解決一個課題了，但還有必須做的事情。那就是因應電子書的普及，購買一台可以隨身帶著走的專用閱讀器。用智慧型手機搭配 Kindle 應用程式雖然也是可行，但是手機的螢幕太小，對於有老花眼的人來說不太方便。對於退休而經常在家的自己來說，螢幕較大且文字容易閱讀的產品似乎較為合適。雖然許多製造商都有發售電子書閱讀器，但五郎還是決定購買 Kindle 閱讀器。可是到亞馬遜網站上調查 Kindle 的資訊時，卻發現有好幾種不同的機型，而且還註明了 Wi-Fi 或 3G 等莫名其妙的名詞。根本就搞不清楚哪一種機型比較好。就在五郎煩惱不已的時候，他突然想到一個好主意。

──對了，叫矢部幫我買吧。之前拜託他的時候，他也是二話不說便答應幫我搞定麻煩的無線網路設定。

矢部亮是五郎退休之前的部下，當時還是單位裡的新人。現在已經將近四十歲了，但依然是個單身漢。他沒有老婆等他回家，只要用食物當誘餌應該就會上鉤了吧。打好算盤的五郎立刻打電話給正在上班的矢部，招待他到家裡吃飯。聽說他今天剛好不用加班，可以在晚上八點準時赴約。五郎呼喚妻子。

「奈津！矢部今天晚上會來，記得煮一頓豐盛的晚餐。因為他非常渴望家庭料理呢。」

「好，我知道了。」

奈津雖然對沒問過自己意見，就決定招待客人的丈夫感到頭痛，但是她並不討厭矢部亮這個人。他是名善良又勤勞的青年，但卻不是那種聰明享受單身生活類型的人，他的私生活似乎過得不太充實。

＊＊＊＊＊＊＊＊＊＊

當晚，矢部亮於八點之後抵達馬場家。擅長料理的奈津，準備了營養滿分且沒有令他失望的美味晚餐。享用過晚餐之後，矢部看上去似乎有點睏，五郎趕緊切入正題。

「其實我想要買一台電子書閱讀器，但是卻搞不懂哪一種機型比較好。你可以陪我一起看看規格嗎？」

五郎起身去拿筆記型電腦，矢部回答「是，沒有問題」，然後為了趕走睡意而端正姿勢。之後，兩人在差不多一個小時的時間內一直面對著電腦，到 Amazon.com® 的網站上調查關於 Kindle 閱讀器的各種情報，並且成功完成訂購。據說再過一兩個禮拜就會送到了。

矢部在工作結束的喝茶時間說：

「其實我之前因為一時衝動而買下了 Apple 的 iPad。我曾經讀過比較 Kindle 和 iPad 的新聞報導，Kindle 似乎是專門用來閱讀的。因為我從來不讀英文書，所以根本就沒把 Kindle 放在眼裡。iPad 不但可以收發郵件，還能夠上網，又能撥放音樂和影片。不過，要用來工作卻又有點力不從心，所以到現在還是沒有辦法好好活用。不曉得還有沒有更好的用途……」

天大的好機會！今天的最後一個課題，就是要拉攏男性成員加入讀書會，我非得趁機克服這個難關不可。五郎慎重地選擇要說的話，將話題轉到電子書上。

「矢部，以 iPad 為代表的平板電腦，似乎是走在時代最前端的工具。如果電子書市場變得更廣的話，它的讀書功能應該也會變得更好用。其實，內人和我最近剛開始參加英文讀書會。Kindle 閱讀器正是為此而買的。」

不過，矢部似乎對此漠不關心。

「原來是這樣啊……參加英文讀書會是件了不起的事，像我對英文就完全一竅不通。如果英文再好一些的話，說不定就能被調到新加坡分店了。因為我從來不曾出國，所以還蠻想去一趟看看呢。」

「矢部先生沒有機會請假嗎？聽說新加坡這類的亞洲休閒勝地非常適合蜜月旅行去喔。」

奈津這番話讓矢部面有難色。五郎認為現在正是邀請矢部的最佳時機。

「讀書會對於提升英文能力很有幫助喔。我們的讀書會一個月舉辦一次，而且不需要會費。不用買書，只是從網路上尋找能夠免費閱讀的材料，然後大家一起閱讀而已。也就是所謂的 e-reading。其他成員是使用 iPhone 和電腦讀書，而我們則會使用剛才訂購的 Kindle 閱讀器。只要安裝專用的 Kindle 應用程式，iPad 就能夠閱讀英文的電子書了。在 iPad 的 App 商店上還能輕易地下載到 Kindle 應用程式。」

矢部似乎對此有些興趣了。五郎向他說明讀書會的輪流舉辦制度，然後裝作若無其事的說：

「矢部，你也可以帶著 iPad 來參加一次看看。」

在一旁聽著的奈津都快要笑出來了。原來五郎的真正目的是這個。約定好要來參加下一次讀書會之後，完全中了五郎的奸計的矢部就回家了。

「矢部先生願意參加真是太好了呢。不過他總是對你言聽計從的……如果個性再強硬一些的話，他應該也能交到女朋友才

對⋯⋯」奈津向哼著歌的五郎搭話。

「說得也對，矢部差不多也該找個對象了。不過這樣一來，讀書會的男女比例總算平衡多了。而且還成功買到 Kindle 閱讀器，以後不管是在家裡還是在外面都能夠讀電子書了喔。」

「既然這樣的話，那電腦可以讓我使用嗎？」

「咦？電腦？不行、不行。稍微借妳一下是無所謂，但是我有時候需要上網查資料，而且還必須定期收郵件才行。奈津，妳要用電腦做啥？」

「惠子小姐之前曾經教我線上字典的用法，里香小姐也有教我圖片搜尋功能的用法。速度快又簡單。我覺得使用電腦取代字典就能增進知識，也更能跟上大家的程度⋯⋯而且總有一天會輪到我負責舉辦讀書會啊。」

五郎嚇了一跳。在英文會話教室中曾經那麼消極的妻子，現在到底是怎麼了呢？

★Chapter 5 重點摘要！

❶ 想要選擇有趣的書時，看書本的封面來選也是個不錯的方法。

❷ Amazon.com 所販賣的 Kindle 閱讀器是專門用來閱讀電子書的機器。

❸ 只要下載 Kindle 應用程式，就連 iPad 之類的平板電腦也能夠閱讀英文書。

接著將以亞馬遜書店的 Kindle 為例來介紹電子書閱讀器的硬體裝置。

Kindle 閱讀器是電子書終端機

Kindle 閱讀器是專門用來閱讀電子書的工具,可以在短時間之內下載好一整本書或是試讀章節。一台又薄又輕還能放入口袋裡的機器,卻可以儲存數千本書。因為它附有通訊功能,所以不需要使用電腦之類的其他機器來連線到網路。如果是 3G 機型的話,還能以有如使用手機般的感覺輕易進行操作。使用電子墨水(e-ink)顯示的黑白畫面更是適合眼睛閱讀。

這就是馬場五郎訂購的 Kindle 閱讀器

Kindle 閱讀器的主要功能

＊變更文字大小

顯示在畫面上的文字可以分成數個階段放大或縮小。對於不戴老花眼鏡不行的五郎來說,這是不可或缺的功能。

Aa　Aa　Aa　Aa　Aa　Aa　Aa　Aa

＊字典功能

如果有不認識的單字,就能呼叫字典功能,在目前閱讀的頁面上顯示單字定義。因為不需要切換畫面,所以在閱讀英文時是非常方便的功能(執筆本書時只有英英字典)。

如果要在 Kindle 的畫面上使用英漢字典，則必須自行上網下載並設定才行。

＊朗讀功能（Text-to-Speech）

有些 Kindle 書籍附有有聲書功能。雖然電腦合成聲音聽起來會有些不自然，但卻可以調整朗讀速度並選擇男聲或女聲。不管是在開車、散步、還是通勤的時候，都可以隨時享受有聲書。

比如說，選擇 inextricable 就會在畫面上顯示定義（inextricable 是「解不開」的意思）。

Text-to-Speech
功能

可以選擇八種文字大小

＊反白文章的分享功能（Share meaningful passages）

在閱讀的書裡發現喜歡的段落時，可以使用畫重點功能標示該部份（有點像是在紙本上畫紅線的感覺）。另外，在將文字反白的畫面上按下 share 這個按鈕，就能在 Twitter 或 Facebook 等社群網站上與其他讀者分享自己對於該部份的感想。

黑底白字的部份就是反白的文章。可以在「Enter Your Message」的欄位內輸入讀者的訊息。

以外部網站加強理解

第三次讀書會當天，五郎在書齋忙著做準備，奈津窩在廚房裡。惠子與里香在七點半左右抵達馬場家。

「馬場先生，原本我擔心 *Packing for Mars* 這種陌生領域的書會很無趣，但沒想到它的故事背景是在日本，有很多令人發笑的地方，是一本有趣的書呢。」

惠子的激動反應讓五郎放心多了。然後，他將邀請矢部亮參加讀書會一事告知兩人。

「請問那位矢部先生會說英語嗎？」惠子看起來非常期待。

「雖然很難說他擅長英語，但他是個對電腦非常熟悉的人。他前一陣子曾經幫忙我訂購這個。」

五郎從盒子裡拿出 Kindle 閱讀器給她們看。啟動電源並開啟 *Packing for Mars* 之後，便顯示出與紙本相去無幾的頁面。惠子與里香也興致盎然地說「這就是傳說中的 Kindle 嗎！我還是第一次看到實物呢！」。五郎因為成功給予兩人預料之內的衝擊而高興，並示範了變更文字大小、字典、朗讀（Text-to-Speech）等功能。而且五郎還在 *Packing for Mars* 的中間某一頁暫時關閉 Kindle，然後重新啟動電源。

「妳看，這和里香小姐的 iPhone 應用程式一樣，會顯示切斷電源之前的同一個頁面對吧。即使臨時放下書本，最後讀到的那一

頁也會被自動記憶起來，下次啟動時就能直接從那一頁開始繼續閱讀，這實在是很方便的功能。」

玄關的門鈴在這時響起。五郎邀請矢部亮進屋，並將他介紹給兩人。惠子與里香原本以為他會是上了年紀的男性，因此不免對僅有三十多歲的矢部感到驚訝。

里香發現矢部帶來的 iPad，稍微打過招呼後便坐到矢部旁邊，向他拜託「請稍微借我一下！」。矢部略顯緊張地將 iPad 交給里香。

全員集合到里香身旁，花了點時間試著比較 Kindle 和 iPad 的各種功能。安裝於 iPad 上的 Kindle 應用程式雖然沒有朗讀功能，但卻同樣能夠變更文字大小並使用字典功能。

當全員終於平靜下來時，五郎便開始講起選擇書本的過程。

「在尋找科學的相關書籍時，我發現了寫有在日本選拔太空人之內容的這本書。」

「翻開一頁之後，突然出現的『スペースシャトル』這行日文字嚇到我了！在那之後又接連出現 JAXA 或筑波等名字，沒想到就連摺紙都出現了。不過多虧如此，即使是在看不太懂的英文的地方，也能讓我猜測出『這裡大概是這個意思吧』，而給予我不少幫助呢。」惠子的語氣充滿活力。

五郎開始解說內容。

「雖然我交代各位只閱讀第一章就好，但是我連序章 Countdown 也一併讀過了，接下來就要為各位介紹。

> To the rocket scientist, you are a problem. You are the most irritating piece of machinery he or she will ever have to deal with.
>
> （對於火箭科學家來說，你是個麻煩人物。在科學家所操縱的機械之中，最讓人生氣的就是人。）
>
> *Packing for Mars: The Curious Science of Life in the Void* by Mary Roach

「這段文章所指稱的 you 並不是讀者，而是泛指所有人類。雖然將火箭發射到外太空也很困難，但是對於科學家來說的真正難題，卻是如何讓人類在那種地方生存。作者瑪莉・羅曲（Mary Roach）對於人體在宇宙空間中的生理活動很感興趣。大家有用過網路百科全書—維基百科（Wikipedia）嗎？調查過維基百科之後，我發現這位作者寫過很多科普書籍，而且也有翻譯成中文。比如說，*Stiff: The Curious Lives of Human Cadavers*（中譯為《不過是具屍體》）一如其名是以屍體為主題。這位作者專門撰寫誰都不曾寫過，但誰都認為不可思議的科學怪知識。」

　　「經你這麼一說才發現，我以前還真的沒有讀過關於日本選拔太空人的方式的書呢。」里香說。

　　「這本書裡的情況比 Carrie 還要麻煩許多。只選拔兩位太空人卻有十位候選人，而且還要駐留在筑波接受測驗對吧。」奈津接著說。

　　亮一直默默聽著，但總算說了一句話。

　　「那個⋯⋯候選人是不是要在測驗中摺一千隻紙鶴啊？」

　　「你果然也這麼認為嗎？我也發現 crane 是鶴、thousand 是千，所以覺得可能會是指『千羽鶴』（譯註：即一千隻紙鶴）。不過太空人摺那種東西要幹什麼呢？真是奇怪。」里香說。

　　「因為這實在是太令人感到意外，所以我就用里香小姐教過我的圖片搜尋功能調查了『thousand cranes』，結果出現一大堆千羽鶴的圖片呢。」奈津笑著說。

　　「你們沒有猜錯，JAXA 就是以摺紙的方式來篩選太空人。」

　　五郎大聲朗讀使用千羽鶴進行測驗的內文段落。

　　The genius of the Thousand Cranes test is that it creates a chronological record of each candidate's work. As they complete their cranes, candidates string them on a single long thread. At the end of the isolation, everyone's string of cranes will be taken away and analyzed. It's forensic origami: As the deadline nears and the pressure increases, do the candidate's creases become sloppy? How do the first ten cranes compare to the last?

（千羽鶴測驗的高明之處，就在於以時序列來記錄各個候選人的作品。候選人摺了幾隻紙鶴之後，便會用一條長線串接起來。〔測驗的〕隔離結束之後，各個候選人以長線連接起來的紙鶴便會被拿去分析。這是摺紙的科學驗證法。在期限將近且壓力增加時，候選人的摺法是否變得隨便？頭十隻紙鶴與最後摺出的紙鶴比較起來又如何？）

「候選人會被關在一間小房間，且必須在時間限制之內摺出千羽鶴。測驗官會在其他房間的螢幕上觀察他們的情況，調查他們能夠認真工作到什麼程度。而且好像還會觀察接近時間限制時的心理狀態，並比較第一隻和最後一隻紙鶴的完成度。讀到這裡，我們便明白第一章標題『He's Smart but His Birds are Sloppy』的意義了。『他很聰明，可是他的鳥很隨便』就表示腦袋一流但摺不好紙鶴的候選人是無法通過測驗的。」

惠子補充說明。

「摺一千隻紙鶴是件非常無聊的事，所以這個測驗也能看出候選人的耐性呢。還有下面這段敘述。

Astronauts these days are as likely to be nerds as heroes.
（最近的太空人不但是英雄也是宅男）

用字典查過 nerd 之後，可以知道其定義是『遜咖、書呆子、御宅族』。阿波羅時代的太空人只需要單純被人當成英雄，但是最近的太空人似乎還需要具備更不顯眼的專業技術。」

聽了惠子的話，矢部和里香便用 Google 的圖片搜尋功能調查 nerd，然後兩人一起笑了出來。因為螢幕上顯示出戴著用 OK 蹦修理斷裂鏡框的眼鏡，而且衣著俗到不行的男生照片和插圖。

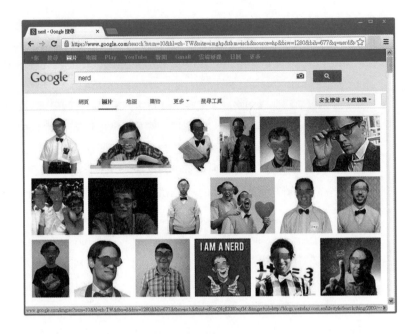

咳哼。五郎輕咳一聲吸引眾人注意。

「其實在作者瑪莉‧羅曲的維基百科記載中有她的官網連結（http://www.maryroach.net/books.html）。請大家現在立刻連到這個網站。」

以自己的閱讀裝置開啟作者網站的成員們全都嚇了一跳。天啊，畫面上竟然出現超大的蟑螂※CG，而且還在 Mary Roach 這行大字上爬來爬去。蟑螂的英文叫作 cockroach，而作者的姓氏則是 Roach。這種開自己玩笑的網站設計，也反映了作者幽默的人格。（※譯註：CG 即動畫。此動畫已經被移除了）

五名讀書會成員互相確認自己不明白的地方，然後一起在網路上調查相關詞句。雖然有時候會偏離到英文之外的話題，但是大家都很開心。看到矢部融入團體中的樣子，五郎鬆了口氣。

過了一會兒之後，奈津端來了咖啡和餅乾。這次是放入大量巧克力和果實的美式餅乾。惠子和里香立刻伸手去拿。

「別客氣了，來塊餅乾如何？」里香催促矢部。

「好，我開動了。嗯，這個很好吃！」

奈津像是個藏不住秘密的孩子般振奮地說：

「這不是依照女兒送來的食譜，而是我從網路上找到的食譜做的。而且是英文食譜喔！第一次試做的時候，我把 baking powder（發酵粉）和 baking soda 搞錯了。baking soda 就是小蘇打，結果我不小心放了小蘇打份量的發酵粉進去。老公他吃了成品之後還難受到翻白眼了呢。」

五郎繪聲繪影地說明品嘗妻子的失敗作品的經驗，然後環視滿臉笑容的成員們並詢問：

「話說回來，讀書會的名字該怎麼辦呢？我想到的名字是『e-book 讀書會』。畢竟這明明是個讀書會，卻完全沒有用到紙本書籍。」

接連出現幾個候選名字之後，惠子說道：

「我在來這裡的途中想到一個名字，叫做『一章讀書會』如何呢？英文的話就是 One Chapter Reading Club。今天大家聚在一起討論的，是能夠免費取得的試讀檔案的其中一章。這難道不是能夠充分表現我們讀書會特徵的名字嗎？」

里香拍手贊成。

「我喜歡這個名字！以前在學校裡學英文時，只要沒有逐一調查單字，並在英文旁邊畫線做記號以及抄寫筆記，就會讓人覺得『好像沒有學到東西』。不過，如果把我們的讀書會命名為一章讀書會，就會給人『即使沒有全部讀完也沒關係』的感覺。只要以我們自己的步調，一邊享受樂趣一邊慢慢閱讀就夠了。為了不讓人忘記這種輕鬆自在的心情，我認為這是最適合的名字了。」

全員一致贊成。以 Fun（快樂）& Free（自由且免費）為宗旨的一章讀書會於焉誕生。

❶ 由於 Kindle 閱讀器會記錄在關閉電源（或是關閉應用程式）之前最後讀到的頁面，所以當再次啟動電源時便能顯示最後開啟的那一頁。

❷ 在讀書的過程中需要調查資料時，網路百科全書「維基百科」會非常有用。

❸ 當作者擁有自己的官網時，到該網站看看也能幫助我們加深對於書本內容的理解。

補充資訊

Amazon.com® 裡的暢銷英文書大多都會包含有聲書。除了 Paperback（紙本版）和 Kindle Edition（電子書版）之外，這本 *Packing for Mars* 也有 Audible Audio Edition（有聲書版）格式。只要在 *Packing for Mars* 的頁面中點選 Formats 表格內的 Audible Audio Edition，就會移至有聲書版的頁面，並能撥放五分多鐘的範例聲音。另外，Amazon.com® 的相關公司 Audible（http://www.audible.com）是有聲書的專用網站，可以在這裡尋找各種有聲書，或是試聽免費的範例聲音朗讀。

五郎在讀書會中介紹的維基百科也是英文閱讀的一項材料。接著就來看看它有哪些用法吧。

Wikipedia 也是一項閱讀材料

　　如果要提升英文的閱讀能力，就一定要購買好幾本英文書，然後花上長時間閱讀不可嗎？答案是否定的。除此之外還有許多方法能夠提升英文閱讀能力。在日常生活中，我們經常會調查許多事情。如果因為工作上的需要、為了功課和報告、或是基於個人興趣而利用英文資源進行調查，那便是一種很好的英文閱讀。為了做點心而閱讀英文食譜也是閱讀的一環。只要是為了達成某樣目的而將英文當作工具，那便是一種一石二鳥的英文閱讀學習法。

　　需要在網路上調查東西時，大家應該都懂得依照目的，區別使用適當的網站。這裡就要來介紹有許多人利用的維基百科。維基百科是可以免費使用的網路百科全書，而且任何人都能自由編輯、發佈其中的條目。其分野遠比一般的百科全書更廣，而且內容更為詳細，但是另一方面，由於任何人都能進行編撰，所以其中資訊的可信度和公正性也備受質疑。可是，單純將它視為網路上的群眾智慧的話，它其實是個能夠輕易取得資訊的方便網站。

　　就英文閱讀的角度來看，維基百科的優點是能夠分別閱讀某一條目的中文和英文說明。以一般的情況來說，只要先以中文掌握住文章概要，就能更容易理解英文說明。在本書的故事中，馬場五郎就是先調查瑪莉・羅曲的日文資料，然後再閱讀英文資料。一旦事先理解內容，閱讀英文時就會變得更為容易。

　　如果要調查同一條目的中英資料，可以使用維基百科畫面中的連結功能。以五郎的搜尋過程為例，就是先閱讀「瑪莉・羅曲」的內容，然後到頁面左側的一排連結中找尋「其他語言」（Ⓐ）（請參閱下一頁）。如果這裡寫有 English（Ⓑ），就表示有關於這位作者的英文條目存在。然後再點選 English，就能直接跳到 Mary

Roach 的英文頁面了。在雖然知道中文名稱卻不曉得英文譯名時（或是相反情況下），這項功能是非常有用的。

　　像讀書會成員那樣使用 Kindle 應用程式閱讀電子書（包含試讀章節）的時候，只要使用字典功能調查單字，就會在顯示定義的畫面中顯示通往 Wikipedia 和 Google 的連結（請參閱 Chapter 4 的 45 頁），而能夠輕易進行範圍更廣的調查。

　　也有專為英文學習者設立的 Simple English Wikipedia，它是只以基本的英文單字寫成的條目。如果覺得維基百科上的內容太難，不妨使用這種簡易條目看看。不過，並不是所有條目都附有 Simple English Wikipedia，這一點必須多加注意。

http://ja.wikipedia.org/wiki/ メアリー・ローチ
（※ 編註：此作者目前無中文版維基解說頁面）

如果其他語言（Ⓐ）的清單中有 English（Ⓑ），就可以用連結跳到英文頁面。

中文版維基百科　　　　　　http://zh.wikipedia.org/

英文版 Wikipedia　　　　　　http://en.wikipedia.org/

Simple English Wikipedia　　http://simple.wikipedia.org/

http://en.wikipedia.org/wiki/Mary_Roach

如果英文頁面的這裡寫有
「中文」，就可以用連結跳
到中文頁面。

因為喜歡所以擅長！

　　決定「一章讀書會」名字那一天，成員們在離開馬場家之前，決定由里香負責主辦下一次的讀書會。

　　幾天後，里香坐在電腦前回想讀書會的事情。雖然以前對科學完全沒有興趣，但是太空人的故事還挺有趣的。不過，馬場奈津在 e-reading 讀書會中變得如此活躍還真是令人意外。在英文會話班中總是畏畏縮縮連答話都不敢的奈津女士，卻能在讀書會中積極發言。里香有點羨慕這樣的她。

　　對了，奈津女士端出用英文食譜做出來的餅乾時，有提到 Google 搜尋功能的話題。記得她好像是先用關鍵字「recipes」進行搜尋，然後再用「cookie recipes」縮小搜尋範圍才找到想要的食譜。因為想不到有什麼好的英文讀物，所以里香便模仿她試著搜尋英文食譜。點擊搜尋按鈕後找到了數千萬筆搜尋結果。不過……這也未免太多了點。即使逐一瀏覽這些食譜也完全沒有頭緒。里香開始煩躁起來。

　　——不幹了。話說回來，不管是料理還是英文我都不擅長嘛。

　　一邊這樣想一邊打開信箱轉換心情的里香，看到了來自客戶的設計評估委託郵件。

　　——好耶。我最喜歡的就是這個，平面設計的工作！

此時，里香突然發現一件事情。那就是奈津女士曾經擔任家政老師，所以自然擅長料理和製作點心。而自己則是一名平面設計師。對了，只要在自己感興趣的分野中找尋英文讀物不就行了嗎？既然這樣的話，那事情就好辦了。里香開啟 Amazon.com® 的網站，然後開始尋找設計類別。可是卻找不到。為什麼呢？因為不想繼續浪費時間，所以她決定拜託躲在自己房間裡面的兒子幫忙。連叫好幾次名字都沒有反應，一定是因為他戴著耳機在聽音樂。

「純也，我有事情要麻煩你！」

里香一邊敲著兒子的房門一邊呼喊。過了一會兒後才好不容易傳出「有什麼事？」的回應，打開房門一看，他果然戴著耳機。

「喂，拜託一下，幫我看看亞馬遜書店的網站。話說回來，純也，你工作找得如何？把履歷表寄給幾間公司了？」

「我會幫妳看看亞馬遜書店的網站。不過，工作的事情我之前不是說過了嗎？媽媽妳不是也已經知道了？我還想要繼續學習音樂啊！」

純也和里香同時嘆氣。這幾個月以來，里香多次和兒子討論他畢業之後的出路。里香對於兒子踏上音樂之路的決定感到不安，寧願他腳踏實地到某間公司上班，或者從事較為安定的教職工作。如果出國留學的話，還會增加家裡的經濟負擔。雖然嘴巴上沒說，但里香還是希望兒子能在自己身旁盡量待久一些。因為兒子不在的話就只剩下她一人獨居了。可是，純也卻說什麼都要去唸紐約的音樂學校。

因為不想花時間重新和兒子爭論這個問題，所以里香只拜託他幫忙到 Amazon.com® 尋找與設計有關的書籍。純也心不甘情不願地走到里香的電腦前坐下，點擊滑鼠按鈕幾次之後便起身展示螢幕。

「找到了。先點進 Arts & Photography（藝術與攝影）就能找到 Decorative Arts & Design（裝飾藝術與設計）。如果無法在類別搜尋

中找到想要的類別，只要試著用聯想的方式點選相關詞句就行了。」

純也一邊走回房間，一邊不經意地說：

「我現在正在做聽力練習，別再來打擾我喔。我準備參加這次的托福（TOFEL）測驗，只剩下一年可以把分數提高到留學標準了。」

里香看向電腦螢幕，Decorative Arts & Design 類別中列出了許多設計相關書籍。於是她立刻以 Look Inside 功能逐一試讀書籍內容。每當看到塞滿文字、有如教科書一般的書本內頁時，她就直接關上試讀頁面，連一行都懶得讀。可是，也有很多滿是圖片的試讀頁面。看過各式各樣的設計範例之後，里香感覺自己回到了熟悉的領域。完全沒有閱讀食譜時的那種疏離感。

隨意試讀了一陣子後，里香找到了 *Logo Design Love: A Guide to Creating Iconic Brand Identities*（中譯本為《好 LOGO，如何好？讓人一眼愛上，再看記住的好品牌＋好識別》，原點出版社於 2010 年 8 月出版）這本書。它的封面很棒。

使用「Click to Look Inside!」看看內容，上面寫說作者大衛・艾瑞（David Airey）是平面設計師。同樣職業的作者讓里香倍感親切，趕緊翻到目錄之後的 Introduction 頁面。

> Brand identity design. Who needs it? Every company on the planet. Who provides the service? You.
>
> （品牌識別設計。誰需要這東西？地球上的所有公司。誰做這件工作？就是你）
>
> *Logo Design Love: A Guide to Creating Iconic Brand Identities,* by David Airey

　　雖然明白這段話的意義，但里香還是嚇了一跳。以往看到英文時，總覺得只不過就是隨便放在一起的一堆英文單字。可是這段話以 brand identity design（品牌識別設計）作為開頭，並以 You 作為結尾。You 就是我這個讀者。這段話讓里香心頭一震，決定下載試讀章節。由於目前正在使用的工作用 Mac 還沒有安裝 Kindle 應用程式，所以里香先用 iPhone 下載試讀檔案。收到了整整兩章的檔案。英文果然還是很難懂，但前面幾頁卻擺滿了作者拍攝下來的 Logo 照片。效果良好的 Logo 一直都是里香工作上的一大要件。

　　翻了幾頁之後，the Queen of England（英國女王）這個單字和由葉片組成的王冠 Logo 便映入眼簾。

The Queen of England — head of state and head of a nation
— understands the importance of brand identity.
（身兼政府首長與一國元首的英國女王也理解品牌識別的重要性）

英國女王和品牌識別？真是令人意外的組合。

THE
ROYAL
PARKS
By Moon Brand
Designers: Richard Moon, Ceri Webber, Andy Locke, 1996
©The Royal Parks

　　在網路上調查後才知道，Royal Parks 是位於倫敦的英國皇家公園。里香一邊翻字典一邊閱讀解說，這才知道是 Moon Brand 這間設計公司為公園製作新的 Logo，而且 Logo 還必須通過女王陛下的最終審核。

"The leaves we chose to use in this logo are from indigenous British trees found in the Royal Parks," said Moon Brand director Richard Moon.

The logo tells the story of the parks using their own language — leaves — and deftly portrays the relationship between the park system and the British crown with one clever picture.

（「這個 Logo 上使用的是種植在皇家公園中的英國原生樹木的葉子。」Moon Brand 公司的經理 Richard Moon 表示。

這個 Logo 是透過這種樹木的葉子來述說公園的故事，以一個巧妙的圖案鮮明地展現出公園和英國王室之間的關係）

　　雖然聽說這個 Logo 的審核過程長達好幾個月，但是看到這個圖案的英國王室似乎在 24 小時之內便表示通過了。以里香專業的眼光來看，這個 Logo 的設計效果是十分顯著的。經營個人工作室的里香和其他設計師交流的機會並不多，但這樣的自己卻能觸及並認同國外知名設計師的理念（而且是用英文！）。里香說了聲「太棒了！」並為此洋洋得意。

　　里香決定選擇這個故事作為第四次讀書會的課題，便打電話給惠子和馬場家，然後用電子郵件把書名寄給矢部亮。惠子因為里香這麼快就選好書而發出驚嘆。奈津女士說了馬場家的新聞。由於馬場先生和太太最近經常爭著使用家中的唯一一台筆電，所以他們跑去買了一台小筆電（Netbook）。小筆電是以上網和收發郵件為主要用途的小型電腦，價格便宜又能用來閱讀電子書。聽說這是找矢部先生商量該買什麼電腦之後所得到的建議。

　　打過電話之後，里香發現自從開始舉辦這個讀書會，各個成員的生活都出現了小小的變化，而且這變化還像是波紋般越來越廣。事情變得比想像中的還要有趣了。里香希望矢部先生這個新成員也能因為讀書會而得到滿足。

❶ 享受英文閱讀時的鐵則，就是在自己感興趣的分野中尋找讀物。

❷ 如果是熟悉的分野的話，就算有一些不認識的單字，也多少能夠讀懂英文的意思。

里香找到自己感興趣的書，還有了許多新發現。來看看她的世界是如何從書本拓展到網路上的吧。

如果能夠找到喜歡的東西，閱讀的世界就會越來越廣

在 *Logo Design Love* 的作者簡介中記載著作者大衛 · 艾瑞自己
的平面設計部落格網址。

http://www.logodesignlove.com/

里香連到這個網址後，便看到部落格畫面上滿是 Logo 與設
計的相關資訊，這讓她像是發現金山般興奮不已。她點選 A
small selection（精選文章），並找到能夠理解的英文標題。那就是
Negative space in logo design（Logo 設計中的圖地反轉）。

里香所點選的連結

83

在這篇文章裡介紹了許多和 Royal Parks 的 Logo 一樣巧妙運用空白的 Logo，而且還加上了簡單的註釋。部落格與書本內容漂亮地連結在一起。里香決定在讀書會時一併介紹這個網站。

Negative space in logo design
（Logo 設計中的圖地反轉）

這是世界自然保護基金會（World Wide Fund for Nature：WWF）的 Logo。在網站所介紹的 Logo 之中，這是里香最喜歡的一個。它巧妙地利用空白來表現熊貓的身體。

©1986 Panda Symbol WWF ® "WWF" is WWF-World Wide Fund for Nature
（Formerly World Wildlife Fund） Registered Trademark

如果是以前的里香，絕對不可能會去注意英文書或部落格。可是，當她追尋著設計的足跡時，才發現自己的英文世界變得更廣了。因為「喜歡的主題」和「擅長的領域」會帶來「想要更加瞭解」的心情，而成為閱讀的原動力。

作者網站

最近有許多作者都擁有介紹自己的書的網站。另外，還有很多因為部落格受歡迎而問世的書籍。Logo Design Love 也是其中之一。在大多數的情況下，作者會用簡單易懂的文章介紹自己的作品和資歷。如果讀書後對作者產生興趣的話，請務必到他們的網站去看看。這可以讓您的閱讀世界變得更為遼闊。一旦成為了百萬暢銷書的人氣作家，作者通常會花大錢請人製作極富魅力又高檔的網站。另外，作家的網站還有內容英文品質較高這個優點。

如果想要確認喜歡的作者有沒有自己的網站，可以用英文的「作者姓名」搭配「official website」和「official site」作為關鍵字到 Google 上搜尋看看。

下面將介紹幾位知名作家的網站。

甘蒂絲‧布希奈爾（《凱莉日記》作者）
Candace Bushnell, author of *The Carrie Diaries*
http://candacebushnell.com/
可以觀賞作者的影片。

J. K. 羅琳（《哈利波特》作者）
J. K. Rowling, author of the *Harry Potter* series
http://www.jkrowling.com/
目前有英、法、德、西、義、葡、日文，7 種語言可供選擇。

羅爾德‧達爾（《查理與巧克力工廠》作者）
Roald Dahl, author of *Charlie and the Chocolate Factory*
http://www.roalddahl.com/
給孩子們的歡樂網站，可以聽到作者的訪談內容。

丹‧布朗（《達文西密碼》作者）
Dan Brown, author of The Da Vinci Code
http://www.danbrown.com/
還刊載了作品節錄。

Chapter

8

何謂容易理解的題材

　　讀書會的日子來臨了。為了做好萬全的準備，里香在工作用的
Mac 電腦中安裝了 Kindle 應用程式。由於 iPhone 的螢幕太小，所
以必須用放在餐桌上的 Mac 電腦，來展示書本內頁與作者部落格。
里香家的客廳並沒有大到足以招待所有人，只能讓大家圍著餐桌舉
辦讀書會。

　　和使用 iPhone 時不一樣，這次是從英文的 Amazon.com® 下載
Kindle for Mac。即使已經將 Kindle 電子書的試讀檔案儲存到 iPhone
中，之後還是能夠把同一本書的試讀檔案下載到其他機器上。

　　忙來忙去沒多久後，與大家約好的時間馬上就要到了。必須在
此之前先準備好飲料才行。里香在前往廚房的途中順道看看純也房
間的情況，並且向兒子搭話：

　　「讀書會的朋友今晚會到我們家作客。我會準備茶點招待，到
時候你能出來跟大家打個招呼嗎？」

　　「有和我年紀相仿的人嗎？」純也放下手邊的書，轉頭看向里
香。

　　「我想想……是有一位 30 多歲的單身男性上班族剛加入讀書
會啦……」

　　純也稍微皺起眉頭，直接坐在椅子上伸懶腰。

　　「我今天還沒有唸完英文，而且還要練習鋼琴才行……」

「我明白了。不過，我們家裡很少會有客人，你至少應該露個面。這樣行嗎？」

「我知道。我會稍微撥出一點時間。」

里香一邊在廚房裡準備杯子，一邊思考著兒子的未來。原本以為他會在升上大學三年級、周遭的朋友都開始準備找工作時，自己放棄音樂之路這個漫無邊際的夢想。但是兒子的決心卻絲毫沒有動搖。——到一間普通的公司上班不是很好嗎？何必為了學習音樂而出國留學，而且還是到治安不好的紐約……。

＊＊＊＊＊＊＊＊＊＊

到了約好的時間，惠子與馬場夫妻同時大駕光臨。惠子拿出筆電、五郎拿出自豪的 Kindle 閱讀器、奈津則略顯羞澀地拿出剛買沒多久的小筆電。矢部比較晚到，但是他的 iPad 卻迅速完成了開機的動作。里香用餐桌上的 Mac 電腦的螢幕顯示出 Logo Design Love 的試讀章節畫面。

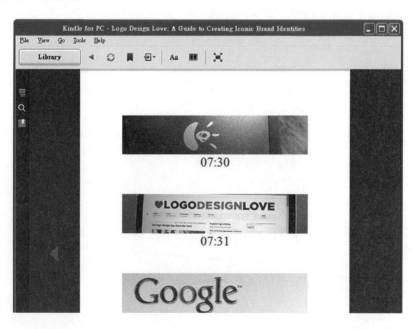

在開始介紹書本內容之前，里香先說明了使用 Kindle 應用程式在自己的 iPhone 和 Mac 電腦中下載同一份試讀檔案的事情。里香這番話讓馬場夫妻不斷點頭。奈津笑著說：

「其實我先生也有發現這件事情，他在以前買的筆電中安裝了 Kindle 應用程式並下載試讀檔案。我的小筆電中也用 Natsu 這個帳號安裝了 Kindle 應用程式。」

「Kindle 閱讀器只能顯示黑白兩色，但是電腦就能顯示彩色畫面。以這本書的情況來說，果然還是應該在彩色螢幕上閱覽作者拍攝的 Logo 照片。」五郎補充說明。

矢部原本就知道馬場五郎對於 IT 並不熟悉，所以十分佩服其他成員充滿進取心的行動力。

「這還真是厲害。也就是說，我不再需要一直把 iPad 放進包包裡帶著走了。因為我的手機是 Android，也支援 Kindle 應用程式。這樣就能在上下班的途中進行讀書會的預習了。電子書的好處就是能夠配合不同場所，選用最佳的裝置閱讀書籍。如果在公司的電腦上安裝 Kindle 應用程式，就連上班的時候……不對，就連午休的時候也能讀書了。」

與前上司五郎四目相對的矢部趕緊改口。

只擁有電腦的惠子似乎比較想要談論書本內容，而不是 Kindle 應用程式。察覺這點的里香立刻切入正題。

「我這次選擇了設計類的書，不曉得各位對此有什麼感想？」

五郎率先回答：

「因為我以前曾經和矢部一起從事行銷工作，所以對於 Logo 和行銷之間的關係很感興趣。」

「的確如此。我以前一直認為，只能用銷售成績來衡量廣告的效果。還真不曉得設計師在製作 Logo 時會考慮這麼多事情。」矢部接著說。

聽了矢部這番話，里香便說明身為設計師的自己，從這本書所得到的啟發。五郎補充說明了里香無法理解的地方。奈津和惠子兩人在一旁默默聽著，讓里香有些在意。

　　「奈津太太覺得如何呢？」

　　「這個嘛……老實說，設計和廣告之類的話題很難懂。不過照片都很漂亮。」

　　惠子也跟著說：

　　「我也感到有些困惑。不過，里香選擇的倫敦公園 Royal Parks 的故事簡短又有趣。將葉子集合成王冠的形狀，這 Logo 的點子真是太棒了。對了，我調查過在這個故事裡出現的 indigenous 這個單字，結果發現它在英漢字典中是翻成『國產的、本土的』。」

> "The leaves we chose to use in this logo are from **indigenous** British trees found in the Royal Parks," said Moon Brand director Richard Moon.

　　「即使明白意思，這個單字的發音還是很難懂。不過，我找到了擁有發音功能的英英字典。大家請打開 *Cambridge Advanced Learner's Dictionary* 看看。」

Cambridge Advanced Learner's Dictionary
http://dictionary.cambridge.org/
indigenous *adjective* **UK**🔊 **US**🔊 / ɪnˈdɪdʒ.ɪ.nəs /
naturally existing in a place or country rather than arriving from another place
Are there any species of frog indigenous **to** *the area?*
（有棲息在這個區域內的原生種青蛙嗎？）
So who are the indigenous people of this land?
（這塊土地上的原住民是哪一族人呢？）

「請 先 看 到 定 義 。 上 面 寫 著 "naturally existing in a place or country rather than arriving from another place"，這句話的意思是『不是從其他地方過來，而是原本就在某個地方或國家』。各位不覺得這很容易理解嗎？然後，上面還有使用 frog（青蛙）和 people（人類）造出的例句，讓人明白這是可以用在動物和人身上的單字。」

「Kindle 應用程式的字典上面則是寫著"originating or occurring naturally in a particular place; native"。」里香說。

「沒錯，沒有道理不使用應用程式本身的字典，但我們還是不明白這個單字如何發音，所以馬上就用劍橋（cambridge）字典來聽聽看吧。」

點選 UK 的麥克風圖示後，電腦立刻以英國女性的聲音朗讀單字；而點選 US 的麥克風圖示後，則是以美國男性的聲音朗讀單字。這樣便能輕易確認，即使看過發音符號，也完全搞不懂的單字的發音方式了。

接著，里香說出自己在準備讀書會的過程中，因為感興趣的對象逐漸從書本擴展到網路而興奮不已的經過，然後打開 *Logo Design Love* 的作者 David Airey 的部落格。還利用部落格的 Negative space in logo design 頁面中的說明，為眾人解說 Royal Parks 的 Logo 是如何巧妙地運用空白做出王冠的形狀，以及這種空白在設計用語中被稱為 negative space（圖地反轉）。里香展示了筆尖 Logo 的圖片。這是部落格的眾多範例中她特別喜歡的一個。

Guild of Food Writers
（Reproduced with the kind permission of the Guild of Food Writers）

「這個 Logo 運用圖地反轉的方式非常高明。所謂的 Guild of

Food Writers，就是由美食評論家集結而成的組織的 Logo，所以它被設計成一隻黑筆中含有白色湯匙的形狀。讓人一眼就能理解『書寫』和『用餐』這一點真的很厲害！我也想要設計出這樣的 Logo 呢。」

雖然不擅長英文，但里香身為平面設計師的專業解說，還是讓眾人深感佩服。

當讀書會結束的時間將近，里香為了準備飲料而起身時，純也終於現身了。

「他是我兒子純也。」

里香向眾人如此介紹。純也對從小就認識的惠子輕輕揮手，並向其他成員深深點頭。

「你是學生嗎？」五郎問道。

「是的，我現在大三。」

「主修什麼？」矢部也問。

「音樂。我彈鋼琴。」

「哦，鋼琴嗎？我以前也曾經有一段時間想過要認真玩音樂呢。」

「咦？真的嗎？那是什麼時候……」矢部出乎意料之外的話讓純也迅速反應。

因為討厭兒子提起音樂的話題，里香裝作若無其事地打斷他們的對話。

「各位，喝紅茶可以嗎？」

奈津取出保鮮盒放在餐桌正中央作為回答。

「我又用新食譜做了餅乾！可以和紅茶一起配著吃！」

奈津又接著說：

「下個月可以由我來負責主辦讀書會嗎？然後以後就固定在我們家舉辦讀書會吧。能夠招待大家是我小小的生活樂趣。請純也小

弟也務必和媽媽一起光臨寒舍。」

　　純也原本打算在母親朋友面前，宣告自己的留學計畫以建立既成事實。另一方面，話題被強制中斷，讓他有一種大好機會被奪走的感覺。不過，只要多聊一下，矢部似乎就會站在自己這邊。於是純也立刻坐到矢部旁邊，一邊將手伸向餅乾一邊向他搭話。

　　里香靜靜注視著兒子的側臉。

⭐Chapter 8 重點摘要！

❶ Kindle 應用程式可以用同一個帳號在不同裝置上進行下載。這樣一來，就能依照時間和場合選擇最合適的裝置閱讀電子書了。

❷ 在需要確認單字的發音方式時，附有發音功能的線上英英字典會很方便。

一章讀書會的成員們在多種裝置上靈活運用 Kindle 應用程式，並充分利用網際網路上的資源來實踐 e-reading。關於 Kindle 應用程式用法的補充說明，以及推薦給英文學習者的好用英英字典，都會在後面的解說中介紹。

在多種裝置上使用 Kindle 應用程式

　　只要以同樣的帳號進行登錄，就能在不同的支援裝置上下載 Kindle 應用程式，並使用任何一種裝置閱讀購買過的 Kindle 電子書。

　　這些裝置會被同步化，自動記住表示當前閱讀位置的書籤。假設您用自己家裡的電腦閱讀電子書，在某一頁關閉書本然後出門。此時，Kindle 應用程式就會記住被設為書籤的那一頁，並讓電腦或 iPhone 等多種裝置共享這個資料。這樣一來，當您在電車內取出 iPhone 並打開剛才在家裡閱讀過的書時，就會顯示先前讀到的那一頁，並能直接繼續讀下去了。

　　一章讀書會的成員便是在自己所擁有的各種裝置上安裝 Kindle 應用程式，並依照閱讀電子書的場所分別使用不同裝置。想要嘗試這麼做的讀者必須注意一件事情。在購買電子書時，Amazon.com® 會自動辨識買家的登錄裝置，如果有許多部裝置時就會將電子書發送給所有裝置。可是，在下載免費的試讀章節時，則必須分別用每一部裝置點選 Send sample now 才行。

Amazon.com® 會找出有安裝 Kindle 應用程式的裝置，並顯示要將試讀檔案傳送給哪一部裝置的選單。在這個選單裡可以選擇 iPad 和 PC。

　　反覆進行這項操作就能在所有裝置中下載免費試讀檔案。不過，試讀章節和正式購買的書不一樣，不會在各種裝置之間進行同步。

活用線上的英英字典

只要有 Kindle 應用程式，就能在各種裝置的螢幕上，立即呼叫出隨附的英英字典。而且網際網路上，還有許多能夠免費使用的字典。

雖然前面在 48 頁已經介紹了英辭郎的網站和應用程式，但請務必也試用一次英英字典。用英文查詢英文單字的意義，可能會讓人覺得麻煩又多此一舉。但是，用長遠的眼光來看，不要一次就翻譯成中文，而是用英文來理解英文單字意義的學習方式，對於提升英文能力會很有幫助。在網路上的英英字典中，還有專門為了英文學習者而編撰的字典，其中的定義淺顯易懂又加上了文化方面的說明，所以特別推薦給各位讀者。

來舉一個例子吧。試著使用惠子用過的 *Cambridge Advanced Learner's Dictionary* 來調查 wage 和 salary 這兩個單字。您可能會以為兩者都是用來表示「工資」和「薪水」的單字，但是您知道它們在意義上的細微差異嗎？

wage: a fixed amount of money that is paid, usually every week, to an employee, especially one who does work that needs physical skills or strength, rather than a job needing a college education

（工資：一般是指每週付給勞工的固定金額。這通常是支付給沒有受過大學教育，必須依靠肉體技能和勞力進行工作的人。）

salary: a fixed amount of money agreed every year as pay for an exployee, usually paid directly into his or her bank account every month

（薪水：付給勞工的固定金額，每年決定價碼高低。一般都是每個月直接匯到勞工的銀行帳戶裡面。）

讀過這些説明就能確實分清楚 wage 和 salary 的用法了。只要像這樣記住同義詞的意義差異，讓您更深入理解英文。另外，故事中介紹過的發音功能也非常實用。

網際網路上有不少編撰給英文學習者使用的字典。不管任何人都能使用，而且還是免費的。

Cambridge Advanced Learner's Dictionary

http://dictionary.cambridge.org/

＊附有 UK 和 US 這兩種發音功能。

＊只要使用 Twitter 變成「CambridgeWords」的追隨者，就能定期閱讀 Word of the Day（每日一字）。

Oxford Advanced Learner's Dictionary

http://oald8.oxfordlearnersdictionaries.com/

＊刊載 3000 多條常用定義字詞。

＊附有 UK 和 US 這兩種發音功能。

Longman Dictionary of Contemporary English

http://www.ldoceonline.com/

＊刊載 2000 多條常用定義字詞。

＊網頁設計親切。

食譜也可以是閱讀材料

　　一章讀書會開始舉辦後，已經過了將近半年。讀書會大幅改變了奈津的生活。當初被五郎硬拉去參加英文會話班時的抗拒心情早已消失無蹤，現在的奈津衷心期待著與讀書會成員的聚會。她的其中一項樂趣就是嘗試用英文食譜製作甜點。她總是先試過好幾種食譜後，再決定要帶到讀書會分享的成品。五郎則負責擔任試吃員。

　　拜讀書會所賜，夫妻兩人之間的對話變多了。最近，兩人在吃飯時討論課題書本的次數越來越多，也提起拜訪住在俄勒岡的女兒一家人的計畫。不曉得遇到女兒丈夫和他的親戚時，能不能流暢地用英語交談。不過她已經沒有之前那麼害怕了。對於奈津來說，前往美國就像是一趟冒險，但她覺得自己已經做好踏出第一步的心理準備。

　　今天是奈津負責主辦讀書會的日子。完成準備並環視房間之後，門鈴響起了。矢部亮難得第一個出現。

　　「晚安，因為工作提早結束，所以我就直接過來了。」

　　「喔喔，是矢部啊！快進來、快進來。」五郎立刻招呼他。

　　「吃過晚飯了嗎？內人似乎又做了什麼好料喔。自從買了你推薦的小筆電之後，她一天到晚都盯著螢幕不放。我實在想不到她會那麼沉迷呢。」

　　繼矢部之後，惠子、里香、還有純也也跟著抵達。純也接到奈

津「請一定要和媽媽一起過來」的電話，似乎無論如何都推辭不掉。五郎引領眾人來到飯廳。

「今天不是在客廳？要先從吃餅乾開始嗎？」如此詢問的惠子肚子叫了一聲。惠子發現自己在不知不覺中開始期待著「奈津太太的點心時間」。

「真的很高興大家願意配合我的英文食譜實驗。」說完，奈津看向惠子和里香。

「妳們還記得在英文會話班使用的講義中，有一段到餐廳吃飯的插曲，而其中曾經出現過 club sandwich 嗎？我雖然對會話一竅不通，但卻十分好奇『俱樂部三明治到底是什麼』。我一邊想著有沒有適合我們的讀書會——也就是 Reading Club 的 club sandwich 的食譜，一邊到網路上尋找食譜之後，才發現材料裡面包含了火雞。由於這一帶的超市裡根本沒有賣火雞，所以我又找了能夠用手邊材料完成三明治的食譜。等一下就讓你們看看食譜。不過，我們還是先來品嘗三明治吧！」

奈津端出盛滿美式風格的巨大三明治的盤子。沒有任何人反對她的提議。一個一個將手伸向盤子之後，盤子三兩下就空無一物了。

⭐ **Chapter 9 重點摘要！**

● 英文食譜不但可以作為閱讀教材，還能實際使用食譜進行料理，品嘗成品享受美食，是一種很棒的英文閱讀素材。

> 馬場奈津依循著自己喜歡的料理來拓展自己的英文世界。對於喜歡料理的人來說，英文食譜就是從「專長」和「興趣」開始英文閱讀的良好契機。

食譜──讓每一次料理都變成 e-reading 的機會！

使用英文食譜料理食物也是一種 e-reading。雖然有些讀者可能會認為有中文食譜就夠了，但是為了「吃」而使用英文，就能同時補充肚子和腦袋裡的「營養」。

曾經是名家政老師的馬場奈津為了尋找俱樂部三明治的食譜而使用 Google 搜尋的功能。關鍵字則是 "club sandwich"。由於使用火雞肉的食譜非常多，所以想要尋找使用身邊的食材且作法簡單的食譜的奈津，最後找到了附有步驟圖的英文食譜。

如果打算從網際網路上找到想要的食譜，就要將料理名稱設為搜尋關鍵字。除此之外，還可以藉由加上國名、easy（簡單）、quick（方便）之類的形容詞來找到各種不同的食譜。

"Italian recipes"	義大利料理
"easy Italian recipes"	簡單的義大利料理
"spaghetti recipes"	義大利麵的食譜

另外，如果要透過料理學習英文，最好是選擇附有影片的食譜網站。請加上關鍵字 video 米進行 Google 搜尋看看。

"recipes video"

這樣一來，不但能夠取得食譜，還能用影片實際觀賞料理步驟。一邊實際觀看切菜、攪拌、烹煮的過程一邊聽著英文解說，也可以當成是一種聽力練習，還能讓我們更容易理解食譜。

Club sandwich 的食譜

　　這裡就來詳細看看馬場奈津取得的食譜吧。這個網站上刊載了各個步驟的照片,不但容易理解,而且英文又很簡單。

　　食譜的開頭先列出材料,接著才列出料理步驟。材料大致上是依照使用順序進行排列。閱讀步驟看似困難,剛開始時可能會需要用到字典。可是,只要先大致記住食譜上的單字,接著就只會以同樣的表現方式重複出現,理解速度將會隨著閱讀次數增加而越來越快。

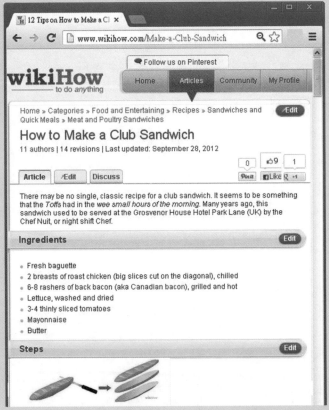

http://www.wikihow.com/Make-a-Club-Sandwich (2012.11.05)

想要看到全部照片的讀者請連到左頁底下的 URL。下面只列出了步驟。

1. Start with a whole baguette or more, according to how many people will be eating.

2. **Slice** baguette into three slices horizontally, end to end.

3. **Toast** the baguette until golden (optional). At-home chefs can use the oven, instead.

4. **Butter** the base, the top of middle slice, and the bottom of the top slice.

5. **Spreadthe** baguette base with mayonnaise.

6. **Layeron** cold chicken, half of the tomatoes, and half of the lettuce.

7. **Create** the second layer by **adding** the middle slice of the bread.

8. **Stackon** the well-grilled, hot bacon.

9. **Add** the rest of tomatoes and lettuce, and **cover** with the top slice of the bread.

10. If necessary, pin in place with fancy cocktail sticks or toothpicks, but don't go too crazy. Remember that the sandwich bits must fit into someone's mouth, so be sensible.

11. **Slice** into serving-sized segments.

12. Finished.

1. 先準備好一或多條法國麵包，數量多寡依食用人數而定。

2. 將法國麵包從一端到另一端水平切成三片。

3. 將法國麵包烤到變成金黃色（請自行拿捏）。在家料理時可使用微波爐替代。

4. 在中間那一片和底下那一片法國麵包的上層塗上奶油打底。

5. 在法國麵包上繼續塗上蛋黃醬。

6. 鋪上冷雞肉片、番茄片、還有生菜。

7. 放上中間那片法國麵包作為三明治的第二層。

8. 疊上烤得恰到好處的熟培根。

9. 放上剩下的番茄與生菜，然後蓋上最上層的法國麵包。

10. 如果有需要的話，可以用花式雞尾酒棒或牙籤穿刺固定三明治，但還是不要放太多的料比較好。切記，三明治的理想大小是能讓人剛好一口放入，所以請保持適度的分量。

11. 將三明治切成一人份的大小。
12. 結束。

從食譜學到的英文特徵

　　這裡將解說食譜英文的特徵。首先,食譜就是以命令句形式寫成的步驟,所以動詞是非常重要的。上一頁的步驟中的粗體字就是動詞,這些動詞指定了材料的處理方式。

　　請注意下列這兩件事情。第一,英文的動詞具有能夠精確傳達意思的強大力量。第二,平常被我們當成名詞的話語,通常都有作為動詞的用法。

1. 精確傳達意思的動詞

　　動詞是表現動作的話語。英文在語言上的一項特徵為「動詞強大」。「動詞強大」是什麼意思呢?那就是,用來表現一個動作的單字具有很多意思、能夠表現許多的內容。

　　以食譜為例,在描述動作時就必須使用既定的單字。雖然將材料「切開」這個動作通常可以用 cut 來表現,但是在食譜中卻必須使用更狹義的動詞,指定更為詳細的動作。

cut →切開(一般意義的廣義動詞)

　　更精確表示動作的動詞

slice →切薄
trim →(將多餘的東西切掉)切齊
chop →剁
dice →切塊
mince →切末
shred →切碎

料理基本動作之一的「烤」這個動詞又是如何呢？在中文中，不管是麵包還是肉都是用「烤」的，由於歐美地區每天都會吃烤箱料理，所以「烤」就被細分成下面這樣。

bake →一般是指用烤箱烤某種東西

如果是 bake a turkey for Christmas 即為「烤聖誕節火雞」。

只使用 baking 時是代表做糕點。如果是 I've been baking all day. 即為「一整天專心做糕點」的意思。

roast →用烤箱將肉或是馬鈴薯等東西慢火烤到變得柔軟為止

grill →用烤箱或戶外的烤肉架以大火高溫下去烤

broil →在烤箱內高溫燒烤

sauté →在火爐上用油下去烤（通常會炒到略焦且呈現茶色為止）

（sauté 與 burn 的差別在於 burn 在料理用語中是「烤過頭 = 燒焦」的意思，所以不能用來表示「烤食物」。）

不管是誰寫的食譜，這種基本動詞的意思都是一樣的。只要像「切」和「烤」的例子這樣，學會分別運用動詞似是而非的不同意思，在閱讀料理之外的分野的英文時也一定會有所幫助。

2. 原本以為是名詞，但其實是動詞

接著就來想想俱樂部三明治食譜中所使用的 toast、slice 吧。將這些單字翻成「吐司」、「薄片」這樣的中文後，看起來很像是名詞。可是，這些單字在步驟 No.2、3 中是被放在句子開頭，用來作為「toast = 烤吐司」、「slice = 切片（切薄）」這樣的動詞。事實上，能夠作為動詞使用的英語名詞多到嚇人。比如説，蛋糕的食譜中就包含下面這樣的步驟。

Oil and **flour** the cake pan.

這裡是將 oil 和 flour 當成動詞來使用。oil 是「塗上油」的意思。那 flour（麵粉）又是什麼意思呢？將 flour 當成動詞使用的話，就會變成「撒麵粉」的意思。

在蛋糕盤裡塗上油並撒上麵粉。

那麼下面這一句話又是什麼意思呢？

Cream butter and sugar.

這是什麼樣的指示呢？這句話只用了 cream 這一個動詞來同時表現「混合」和「變成奶油狀為止」的概念。

將奶油和砂糖混合在一起直到變成鮮奶油狀為止。

一旦將單字 cream 誤解為名詞，就會以為這句話是「鮮奶油和奶油和砂糖」。另外，如果要求將上述的中文指示改回英文，很多人都會想成下面這樣。

Mix butter and sugar until they become creamy.

可是，只要將 cream 當成動詞，就能用區區四個單字來表現這一整段話。如果解説步驟的時候繞了一大圈，可能就會讓讀者花上太多時間解讀食譜，而讓難得的美食烤焦了。

食譜便是像這樣將英文動詞的力量發揮到極致。

點心的食譜

　　這裡的情報是提供給打算像馬場奈津那樣用，英文挑戰製作點心的讀者。在閱讀美國的食譜製作料理時，由於重量與溫度的單位並不是公制（meter），而是英制，所以必須進行換算才行。比如說，溫度 350 ℉是指華式溫度，不換算成攝氏 180℃就無法設定微波爐的溫度。另外，1 cup 在台灣是 200ml，但是在美國則是 225ml。

　　在使用美國的點心食譜時，可以到網際網路上尋找度量衡的換算表。只要用"cooking equivalents"（料理用的換算值）這個關鍵字進行搜尋，就能找到計量單位的換算表了。比如說，下面這個網站就很方便。

Science of Cooking "Measurement Equivalents"
http://www.exploratorium.edu/cooking/convert/measurements.html

　　另外，有些網站還擁有換算功能。比如說，下面這個網站可以用 US 和 Metric 按鈕選擇材料的顯示方式，只要選擇 Metric 就會變成我們熟悉的公制單位了。

http://allrecipes.com/

　　由於 UK、加拿大、澳大利亞等國家的食譜都是採用公制單位，所以不需要進行換算。

公有領域書籍
（Public Domain）的用法

環視過吃完三明治而一臉滿足的成員們之後，奈津便開始主持讀書會。

「那麼，今天要討論的是 Yei Theodora Ozaki 的書 *Japanese Fairy Tales*。我們以前都是使用亞馬遜書店選書，但是我之前在電視新聞上得知 Project Gutenberg 的事。因為覺得有趣便試著調查了一下。根據報導，Project Gutenberg 所公開的書的著作權已經全部消滅了。而這種書又被稱為『公有領域書籍（公共版權書）』。公有領域的英文『public domain』就是『共享』的意思。如果只是自己要讀的話，不管是要列印還是複製都無所謂，而且當然不需要花任何一毛錢。正因為書本的電子化讓配送和保存都變得簡單，所以我們才能用這種形式共享文學財產。美國收集了至少在 75 年前寫成的書，而包含日本在內的主要國家則收集了在 50 年前寫成的書。」

「這樣豈不是重蹈馬克・吐溫的覆轍了嗎？」里香想起了剛開始時的痛苦體驗。

「正是如此。*Roughing It* 實在是太難讀了。不過在公有領域之中還有我勉強能夠閱讀的作品喔。」

「我有從 Project Gutenberg 上，下載並列印出奈津太太選擇的故事。奈津太太，妳是怎麼從數千本書裡面找到日本童話的呢？」

惠子興致高昂的訊問，讓奈津笑容燦爛地開始說明。

「如果是以前的我肯定沒有辦法。但是，大家教會我在網路上進行搜尋的方法，讓我發現靠自己找東西的樂趣。因此，我才會決定要在 Project Gutenberg 中找到可以讀的東西。網站首頁上有一個用關鍵字來尋找作者、書名或有含關鍵字內容的搜尋方塊。」

奈津用自己的小筆電連到 Project Gutenberg 的首頁並展示給眾人看。

search book catalog（搜尋圖書目錄：會顯示有含關鍵字的目錄題名）

search website（搜尋網頁內容：會顯示有含關鍵字的網頁）

2010.10.23

Project Gutenberg 的首頁
http://www.gutenberg.org/wiki/Main_Page

「很遺憾，我不曉得哪些作者的哪些書比較好看。出於無奈，我剛開始時只能隨便點選看看。大家可以點看看首頁上方的 "Bookshelves by topic"（Ⓐ）。Bookshelves by topic 的意思是『各種主題的書架』，可以在此尋找各種分野的書。其中還有 Adventure

（冒險）或 Crime（犯罪）之類的類別。不過，由於其中沒有惠子小姐推荐的 Teens 和 Young Adult 類別，所以我便嚐試選擇了 Children's Bookshelf（兒童書架）。然後分類變得越來越細，最後便抵達各國童話的清單。我就是在那裡找到了這次要讀的 Japanese Fairy Tales。」

　　讀書會成員一邊專心聽著奈津的說明，一邊用自己的機器連到 Project Gutenberg 網站內的連結。

Children's Bookshelf（兒童書架）➡Children's Myths, Fairy Tales, etc（兒童向神話、童話等等）➡Asia（亞洲）：Japanese Fairy Tales（English） Ozaki, Yei Theodora（日本傳說：尾崎 Theodora 英子）

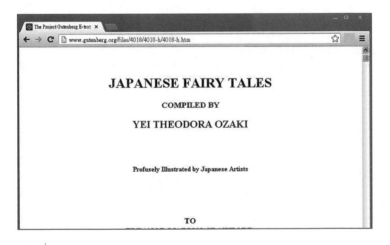

　　點選 Download 之後，接著只要再點選 HTML 的部份就會顯示書名，繼續捲動畫面就能看到目錄，讓我們知道這本書一共包含 22 個故事。如果分別點選這些故事標題，就能夠閱讀選擇的故事。

CONTENTS.
MY LOAD BAG OF RICE

（以下省略）

「真厲害！要做到這種地步應該很辛苦吧！」矢部發出讚嘆。

「沒錯，這花了我不少時間。但是一旦沉迷就再也停不下來了。」

「辛苦的人是我才對！她不但跑來問我好幾次問題，而且還一直盯著小筆電不放，完全不打算準備晚餐，讓我連親自下廚的心理準備都做好了呢！」五郎笑著說。

奈津繼續說明：

「在 *Japanese Fairy Tales* 的目錄可以看到幾個有名的故事。例如 THE ADVANTURES OF KINTARO, THE GOLDEN BOY 就是『金太郎』，而 THE BAMBOO-CUTTER AND THE MOON-CHILD 則是『竹取物語』。這兩個故事我都看過了，但是因為內容比較長，所以這次我選擇的是 The Sagacious Monkey and the Boar。」

「我不認識 sagacious 這個單字，調查之後才知道它是『聰明』的意思。也就是說，這個故事叫作『聰明的猴子與豬』，但我根本沒聽說過這個故事。」純也提高了音量。

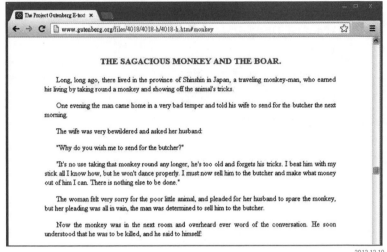

THE SAGACIOUS MONKEY AND THE BOAR.

Long, long ago, there lived in the province of Shinshin in Japan, a traveling monkey-man, who earned his living by taking round a monkey and showing off the animal's tricks.

One evening the man came home in a very bad temper and told his wife to send for the butcher the next morning.

The wife was very bewildered and asked her husband:

"Why do you wish me to send for the butcher?"

"It's no use taking that monkey round any longer, he's too old and forgets his tricks. I beat him with my stick all I know how, but he won't dance properly. I must now sell him to the butcher and make what money out of him I can. There is nothing else to be done."

The woman felt very sorry for the poor little animal, and pleaded for her husband to spare the monkey, but her pleading was all in vain, the man was determined to sell him to the butcher.

Now the monkey was in the next room and overheard ever word of the conversation. He soon understood that he was to be killed, and he said to himself:

2012.12.10

http://www.gutenberg.org/files/4018/4018-h/4018-h.htm#monkey

「沒錯,我也沒聽說過這個故事。於是,我想說不知道有沒有日文版故事※而利用 Google 調查,結果用『猴子與豬』這個關鍵字就輕易找到了。」(※ 編註:本故事沒有中文版網頁可對照,故本章延用原書說法)

「這個網站(請參閱下一頁的圖示)上也有介紹這個故事,非常有幫助喔。這樣一來,就算是英文故事也能讀懂了呢。」

矢部也同意里香的話。

「我知道馬場先生和惠子小姐沒看日文也無所謂,但是對我來說,有沒有日文果然差非常多。純也又如何呢?」

「我也讀過日文版故事了。不過我是先讀英文版故事,然後再用日文版故事確認自己的理解程度有多少。※」

「結果呢?」

「嗯……大概 70% 左右吧。」

「你還真是厲害!」被矢部這麼一稱讚,就連里香也露出得意洋洋的表情。(※ 編註:『聰明的猴子與豬』故事的中文翻譯,附於附錄章節中 (p.182),讀者可自行和英文版對照。)

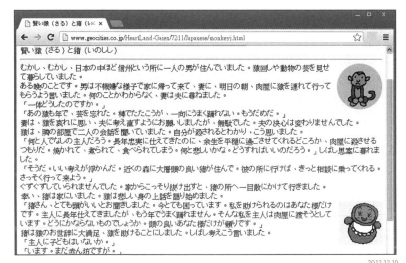

http://www.geocities.co.jp/HeartLand-Gaien/7211/Japanese/monkeyj.html

　　一時之間，成員們互相談論著 The Sagacious Monkey and the Boar，熱烈地交換關於困難單字與故事結局的意見。沒多久，惠子開始講起作者生平。

　　「我對 Yei Theodora Ozaki 這個名字很感興趣，便試著調查了作者生平。作者的日文名字是 Theodora 尾崎或尾崎英子。她是在一百多年前由日本父親和英國母親所生。不過後來雙親離婚，她便在英國由母親獨自扶養到十多歲才回到日本。在父親家裡生活時，曾經有人要她相親，但是她拒絕婚事開始工作賺錢。就當時的女性來說，她獨力自主到令人難以相信的地步。她在 35 歲時結婚，對方是人稱憲政之神的尾崎行雄（咢堂），Theodora 是妻子亡故之後孤單過活的尾崎的第二任妻子。這個過程非常羅曼蒂克，大家可以看看 Wikipedia 上的說明。」

　　Yei Theodora Ozaki was an early 20th century translator of Japanese short stories and fairy tales.

　　（尾崎 Theodora 英子是 20 世紀初期的譯者，翻譯過日本的短篇或童話故事）

Yei was sent to live in Japan with her father, which she enjoyed. Later she refused an arranged marriage, left her father's house, and became a teacher and secretary to earn money. Over the years, she traveled back and forth between Japan and Europe, as her employment and family duties took her, and lived in places as diverse as Italy and the drafty upper floor of a Buddhist temple.

（英子到日本和父親同住，而且很滿意這樣的生活。之後她拒絕相親，離開父親家並擔任教師和秘書賺錢。在數年之間，她為了家庭和工作在日本與歐洲之間來來去去，在義大利或不避風雨的佛寺二樓等各式各樣的地方居住）

惠子朗讀 Wikipedia 文章的最後兩行。

All this time, her letter were frequently misdelivered to the unrelated Japanese politician Yukio Ozaki, and his to her. In 1904, they finally met, and soon married.

（在這段期間，英子的信經常被誤送給毫無血緣關係的日本政治家尾崎行雄，而他的信也同樣被誤送給英子。兩人終於在 1904 年初次見面，並在之後立刻結婚）

http://en.wikipedia.org/wiki/Yei_Theodara_Ozaki

「Theodora 尾崎和同姓的尾崎行雄結婚完全是個偶然。但契機卻是與同姓陌生人尾崎行雄之間的信件寄送失誤。在不斷持續誤送信件的交流之後，兩人才終於相會。這種事情在現代根本不可能發生。」

「哇！真是浪漫！簡直像是有一條命運的紅線將兩人繫在一起一樣⋯⋯」里香嘆了口氣。

「紅線啊……」與浪漫兩字看似無緣的矢部望向遠方。

五郎、奈津、惠子、還有純也全都認真看向他們兩人的臉。

奈津等了一下後接著說：

「還不只如此而已喔。我在網站內四處亂逛，又發現了 Human-read Audio Books（人聲朗讀的有聲書）這個頁面。令人驚訝的是，全世界的義工團體會負責朗讀 Project Gutenberg 的書，任何人都可以聽這些錄音，也能下載這些有聲書。試著看過『清秀佳人』這部 L. M. Montgomery 的名作之後，才發現變成有聲書的作品非常多。帶有麥克風圖示（🔊）的作品就表示具有朗讀功能。」

書本圖示代表文字，麥克風圖示代表朗讀功能

「不過，Theodora 的故事並沒有麥克風圖示，讓我差點放棄聽故事的錄音。還好我在偶然的情況下從 Project Gutenberg 中找到 LibriVox 這個網站的連結（請參閱 111 頁的圖片）。而那個網站上就有故事的錄音。」

奈津在小筆電的螢幕上點選 The Sagacious Monkey and the Boar 後，就開始朗讀故事了。讀書會成員一起豎耳傾聽柔和的女性聲音。故事原本就應該用耳朵聽才對。雖然無法一字一句都聽得清清楚楚，但卻能感受到剛才親眼閱讀的英文故事的快速節奏。朗讀完畢之後，所有人都滿足地呼了口氣。

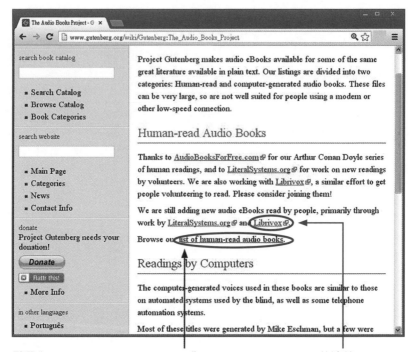

點選 "list of human-read audio books"
可以看到 Project Gutenberg 網頁內有的
audio books(有聲書) 的清單。

LibriVox 的連結。LibriVox
有 Japanese Fairy Tales 全
22 章的朗讀。

http://www.gutenberg.org/wiki/Gutenberg:The_Audio_Books_Project

　　「Kindle 閱讀器雖然附有 Text-to-speech 這個用電腦聲音朗讀書
本的功能，但有時候卻會出現奇怪的發音。人的聲音果然比較自然。
像這樣聽過朗讀後，總覺得右腦和左腦都變得更理解英文了。」

　　眾人點頭同意五郎的話。

　　在聽過錄音而變得緩和的氣氛中，之前不太發言的純也開口
了。

　　「我從剛才開始就一直很在意這本書的書名底下所寫的
Profusely Illustrated by Japanese Artists（ 請參閱 104 頁的圖片 ）。
Profusely 是『 豐富的 』的意思，所以這本書應該有非常多的插畫。

http://librivox.org/

點選 LibriVox Catalog 就能用作者
姓名和書名尋找有聲書。

不過 Gutenberg 網站上只有文字，所以很遺憾沒有辦法看到插畫。
我期待能在網路上找到這些插畫，而搜尋了 Japanese Fairy Tales Yei
Theodora Ozaki，結果真的找到了。請各位看看。這應該是某人掃描
以前的書後放到網路上的圖片（請參閱下一頁）。」

　　眾人探頭一看，發現純也的電腦螢幕上顯示著豬和猴子的
插畫。那是幾乎不會出現在現有繪本上的古早畫風。也許這是
Theodora 尾崎的初版書籍。在現在這個網際網路時代，光是坐在沙
發上就能像這樣取得各式各樣的情報，這實在太令人感動了。

　　同樣從剛才開始便一直專心敲著鍵盤的惠子也抬起頭高興地
說：「找到了！我找到 *Daddy-Long-Legs*.『長腿叔叔』的原作。我
在十多歲的時候非常喜歡這本書，還重新讀過好幾遍呢。當然，

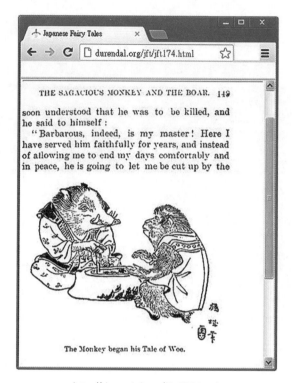

THE SAGACIOUS MONKEY AND THE BOAR. 148

soon understood that he was to be killed, and
he said to himself :
"Barbarous, indeed, is my master! Here I
have served him faithfully for years, and instead
of allowing me to end my days comfortably and
in peace, he is going to let me be cut up by the

The Monkey began his Tale of Woe.

http://durendal.org/jft174.html

是翻譯版。書現在應該還在家裡書架的角落才對。我剛才找過
Gutenberg 的網站,結果同時找到原作的文字和錄音。因為我早已完
全記住故事大綱,所以這次打算讀看看英文原版的故事。一邊做菜
一邊聽朗讀或許也不錯。田島惠子即將挑戰一整本英文原書!我好
像認真起來了呢!」

惠子的宣言讓眾人一起拍手。奈津藉機起身,端出滿載紅茶與
餅乾的盤子。熱鬧的茶會開始之後,五郎詢問純也:

「那麼,誰是下一次讀書會的負責人呢?純也小弟,你似乎很
擅長調查東西,有意願主辦讀書會嗎?」

「咦?我才剛參加沒多久,還是算了吧。亮先生比我更為合適。
因為他是讀書會的前輩嘛。亮先生,拜託你了!」

「咦？咦？什麼？我？」這完全出乎矢部亮的預料之外。

「也對，從我開始，再依照順序輪過馬場先生、里香、還有奈津太太之後，接下來應該輪到矢部先生了。」里香說。

「說得也是……我就試試看可以做到什麼地步吧。」矢部看起來完全沒有自信。

「不過，我實在沒有信心超越奈津太太這次舉辦的讀書會。不管是讀書還是食物……」

「矢部先生就在書的部份努力吧。吃的部份就交給我來！」奈津從廚房大聲說道。

★ Chapter 10 重點摘要！

❶ Project Gutenberg 是刊載著作權消滅的作品（公有領域書籍）的網站，可以免費列印或是在電腦和各種電子書閱讀裝置上閱讀。

❷ Project Gutenberg 中的某些作品具有朗讀版本。作品清單中帶有麥克風圖示的作品，就表示能夠聽到義工人員的朗讀。另外，在 LibriVox 這個網站上，也能免費聽到由義工朗讀的公有領域書籍。

❸ 當同樣的作品已經有被翻譯成中文版時，可以先讀過中文版記住內容，然後再閱讀英文版本，這樣將能加深理解。

接著將詳細說明 Project Gutenberg、LibriVox 和公有領域書籍。

解說

Project Gutenberg 和 LibriVox

Project Gutenberg 和 LibriVox 是革命性的網站，它們免費提供了著作權消滅的文學作品的文字與聲音。

＊ Project Gutenberg（http://www.gutenberg.org）

專案名稱是來自於 15 世紀時發明活字印刷術的約翰尼斯・古騰堡（Johannes Gutenberg）。在古騰堡發明活字印刷術以前，書就只有手抄本而已，一般人根本不可能擁有或閱讀書本。可是古騰堡發明的印刷術，卻讓人類首次能夠大量印刷並發佈書本，在情報傳播的方面為社會帶來巨大的變革。而現在，電子書也和引發印刷革命的古騰堡一樣，為許多人開拓出輕易閱讀書本的道路，讓閱讀的世界產生重大的變化。

Project Gutenberg 是在 1971 年由伊利諾大學的學生 Michael Hart 所創立。專案的目的是將著作權消滅的公有領域文學作品數位化，然後在網際網路上公開以幫助更多的人。文字的數位化、校對、朗讀等工作都是由義工負責進行，任何人都能免費存取 Project Gutenberg 所公開的作品。其中不但有真正的古典作品，還有 20 世紀初期的淺白作品。書本內容的品質普遍偏高，這一點對於英文學習者來說非常重要。另外，絕大多數的文學作品都有中文版。先讀過中文版瞭解故事大綱，就能比較輕鬆地閱讀原作了。

需要補充說明的是，屬於公有領域書籍（Public Domain）的日本文學也作了同樣的嚐試。

青空文庫 http://www.aozora.gr.jp

台灣公共版權書可上「百年千書華文經典電子書」網頁上尋找。
http://1000ebooks.tw/

此計畫為台灣數位出版聯盟於 2010 年起推動之中文傳統經典書籍轉換成公共版權電子書的計畫。推動者將焦點鎖定在 1840 年到 1990 年之間的重要書籍，乃是因為從 1840 年第一次鴉片戰爭起，西洋思潮與知識透過書籍進入到華文世界，帶來巨大的衝擊與改變。推動者希望挑選這一百餘年中 1000 本書目，將轉換格式作為中文電子書加以流通。（資料來源：wikipedia，2012.11.5）

＊ LibriVox（http://librivox.org）

　　LibriVox 網站的目的是將公有領域的書籍聲音化，朗讀工作全都是由義工完成。它和 Project Gutenberg 一樣能夠以作者姓名、書名、類別等條件來搜尋有聲書。不光是電腦，就連智慧型手機、音樂隨身聽等行動裝置都能下載錄音檔。

　　聽英文朗讀對於閱讀有非常大的幫助。首先會想到的好處就是能夠知道發音的方式。除此之外，朗讀時會以語氣的停頓讓人得知語意的分隔之處。另外，能夠憑著聽聲音理解（想像）單字的意義，就表示不再需要轉換為中文的翻譯過程了。就算只有一部份，能夠在聽英文時於腦海中浮現出印象，就是自然學習語言所不可或缺的條件。

Project Gutenberg 中容易閱讀的英文有聲書

安徒生童話
Andersen's Fairy Tales by Hans Christian Andersen

彼得兔系列
The Tale of Peter Pabbit by Beatrix Potter

若草物語
Little Women by Louisa May Alcott

小公主
A Little Princess by Frances Hodgson Burnett

綠野仙蹤
The Wonderful Wizard of Oz by L. Frank Baum

杜立德醫生的非洲遊記
The Story of Doctor Dolittle by Hugh Lofting

杜立德醫生航海記
The Voyages of Doctor Dolittle

長腿叔叔
Daddy-Long-Legs by Jean Webster

湯姆‧史威夫特冒險系列
Tom Swift series by Victor Appleton
Tom Swift in the Land of Wonders
Tom Swift and the Visitor From Planet X

海角一樂園（改編作品）
*The Swiss Family Robinson: Told in Words of One Syllable
Adapted from the Original,* by Mary Godolphin（Lucy Aiken）
　　這是在 Johann David Wyss 的「海角一樂園」原作寫成過了幾
年之後，只使用單音節的簡短英文單字改編而成的作品。

德古拉
Dracola by Bram Stoker

海底兩萬哩
Twenty Thousand Leagues Under the Sea by Jules Verne

2BR02B

2BR02B by Kurt Vonnegut
Kurt Vonnegut（1922-2007）是現代美國作家。2BR02B 是在

1962 年寫成的科幻短篇作品。由於作者沒有主張著作權，所以才會被放在公有領域之中。

在電子書閱讀裝置上閱讀公有領域書籍

Project Gutenberg 網站的開頭寫有下面這樣的導覽文字。

> Project Gutenberg is the place where you can download over 33,000 free ebooks to read on your PC, iPad, Kindle, Sony Reader, iPhone, Android or other portable device.
> （Project Gutenberg 可以下載超過 33,000 本的免費電子書，並在 PC、iPad、Kinder、Sony Reader、iPhone、Android 或其他行動裝置上閱讀）

即使是亞馬遜的 Kindle 閱讀器和安裝了 Kindle 應用程式的各種裝置，也能取得公有領域書籍。請使用書名或作者姓名搜尋書籍，就像是在 Amazon.com® 的 Kindle Store 中尋找一般書籍那樣。可以找到免費的書（Public Domain 中的某些書籍會收取發送書本所需的通訊費用）。

另外，擁有蘋果公司提供的 iPhone、iPad 或 iPod Touch 的讀者，可以用 iBook 應用程式閱讀公有領域書籍。請在 App Store 中搜尋 iBooks 看看。

只要像這樣使用電子書專用裝置或閱讀軟體，就能因為充實的字典、文字大小變更等附加功能，而得到更快樂的閱讀體驗。除了本書所介紹的 Kindle 之外，還有 Sony 的「Reader（閱讀器）」等電子書閱讀裝置陸續問世。請到各公司的網站或相關書店查詢閱讀公有領域書籍的方法。

Chapter 11

挑戰英文新聞

　　事到如今，矢部亮才在思考不擅長英文的自己，加入一章讀書會的理由。讀書會最大的魅力可能是馬場家客廳的氣氛吧。在因為職場上的人際關係，而身心俱疲的每一天之中，能夠品嚐美食、快樂談天的讀書會，是能讓人完全放鬆的好地方。他很慶幸能擁有里香這個英文程度與自己不相上下、即使出錯也毫不在意的同伴。從上一次讀書會開始正式加入純也這個後輩，也是件令人高興的事。

　　可是，不趕快決定下一本書實在不行。正當他煩惱著該如何選書時，他突然想起曾經和純也交換電話號碼的事情。

　　──對了，找純也商量看看吧。他說過他正努力學習英文準備留學。

　　亮立刻用手機打電話給純也。純也並沒有因為亮的請求而感到驚訝，只說了一句「明天有空嗎？」邀請他前去星野家。

＊ ＊ ＊ ＊ ＊ ＊ ＊ ＊ ＊ ＊ ＊

　　隔天晚上，里香從工作場所回到家，在玄關發現了陌生的皮鞋。進到家裡之後，純也和矢部正在餐桌旁，分別看著筆電和 iPad 的畫面。

　　「這不是矢部先生嗎？歡迎、歡迎！」

　　矢部立刻從椅子上起身，但純也拉著他的手腕讓他坐下。

「這不是在公司,沒必要交換名片。你們已經認識了吧。老媽,亮先生買了漢堡過來。我們兩人現在正在找讀書會要用的書。」

「謝謝你,回到家不但有晚飯,而且純也還沒有窩在房間裡面,今天稀奇的事情還真多呢。」

里香興奮地坐到餐桌旁,馬上就從袋子裡拿出漢堡大口咬下。

「純也,你在餐桌的燈光之下看起來比平常還要帥喔。」

「老媽的皺紋在燈光下也變清楚了。」

「討厭,你好沒禮貌!」

亮笑著加入兩人的對話。

「哈哈,純也啊,跟其他朋友比起來,你媽媽已經算年輕了。」

「那是老媽常說的話……等一下,媽妳不要把麵包屑掉到鍵盤上啦!」

純也把里香的麵包屑清掉,然後轉頭看向矢部。

「是要商業相關書籍對吧?」

「沒錯,雖然我昨天下載了一些商業書籍的試讀檔案,但都是一些長篇大論,且內容不吸引人的書。我想要的是可以用於讀書會、內容簡短但主題明確的讀物。」

文章簡短而且主題和商業有關的讀物到底是什麼呢?純也和亮同時陷入沉思。此時,漠然聽著兩人對話的里香喃喃說道「新聞如何呢?」。

「英文新聞嗎?我從來沒讀過……」亮聳聳肩膀。

「對耶,英文新聞。嗯……The New York Times 如何呢?」

「咦!憑我的程度根本讀不來《紐約時報》吧……」亮畏畏縮縮地看向螢幕。

「放心吧,它不會咬人的。這上面有著各式各樣的報導,要不要到處點選看看確認一下呢?」

亮也用自己的 iPad 顯示網站畫面。

The New York Times（iPad 畫面）
http://www.mediaspy.org/2010/05/30/ipad-media-app-roundup/

「我也去把電腦拿來一起找吧。」填飽肚子的里香悠哉地說。

聽了母親的提案後，純也輪流看了看亮和母親的臉並說道：

「既然老媽要幫忙，那我可以回房間一下嗎？我還要準備明天的考試，大概 30 分鐘左右就能搞定，你們兩個先一起找看看網站吧。」

純也剛走出房間，亮便稱讚他「真是個好兒子」。

「謝謝。雖然很高興能夠順利拉拔他長大，但是他卻說要去紐約留學，讓我非常傷腦筋呢。」

「是音樂學校嗎？」

「沒錯，他說他會拿到獎學金，還會打工賺自己的學費和生活費。雖然他認為應該不會有問題，但我還是反對。因為如果兒子不在，我這個母親又該怎麼辦呢？我們母子兩人從以前就一直相依為命到現在啊。我希望純也可以找份不必離家的工作。因為鋼琴還是可以當成興趣繼續彈下去。」

「我瞭解。一個人獨自生活實在很寂寞。不過，妳兒子有自己的夢想。他那麼努力，讓我覺得逼他放棄也不是件好事。」

「最近，純也一直窩在房間裡準備什麼 TOEFL 測驗。昨天還收到了來自美國的大型國際信封，那一定是大學的招生文件。」

「他似乎是認真的呢。」

亮不知道還能夠說什麼而陷入沉默。看向手中的 iPad 後，上面依然顯示著剛才打開的 The New York Times 畫面。

「現在還是以讀書會的事為優先吧。想要讓讀書會繼續舉辦下去，就必須確實做好主辦人的份內工作。妳可以幫我嗎？我們一起找些東西讓純也嚇一跳吧。」

之後大概半個小時，亮和里香試著點選了 The New York Times 網站上的各種連結。里香在兒子放著不管的筆電螢幕上開啟 Insight & Analysis（洞察與分析）的連結，立刻出現 Life Without a TV Set？Not Impossible（沒有電視的生活？這絕非不可能的事）這則簡短的文章。

「喂，看看這個。第一行寫著 Most people do not think they need a television.。這是『大部份的人都認為他們不需要電視』的意思對吧。連我都看得懂呢。」

「哪一篇文章？」亮望向里香的螢幕。

「啊！這裡寫著 more than half of American homes have three or more televisions。這句話的意思是『超過半數的美國家庭擁有三台以上的電視』。有那麼多台電視的話，那當然就不需要了嘛。」

「最後寫著 other devices — like computers and smartphones — edge into its territory and take over TV's functions。矢部先生明白這一段的意思嗎？」

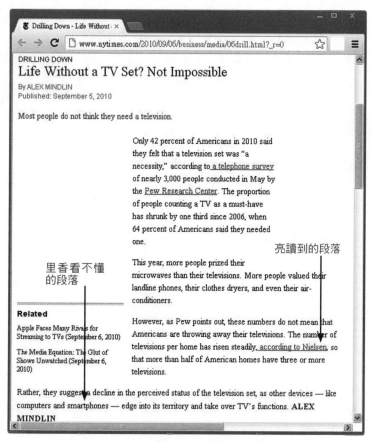

DRILLING DOWN
Life Without a TV Set? Not Impossible

By ALEX MINDLIN
Published: September 5, 2010

Most people do not think they need a television.

Only 42 percent of Americans in 2010 said they felt that a television set was "a necessity," according to a telephone survey of nearly 3,000 people conducted in May by the Pew Research Center. The proportion of people counting a TV as a must-have has shrunk by one third since 2006, when 64 percent of Americans said they needed one.

里香看不懂的段落

Related

Apple Faces Many Rivals for Streaming to TVs (September 6, 2010)

The Media Equation: The Glut of Shows Unwatched (September 6, 2010)

This year, more people prized their microwaves than their televisions. More people valued their landline phones, their clothes dryers, and even their air-conditioners.

亮讀到的段落

However, as Pew points out, these numbers do not mean that Americans are throwing away their televisions. The number of televisions per home has risen steadily, according to Nielsen, so that more than half of American homes have three or more televisions.

Rather, they suggest a decline in the perceived status of the television set, as other devices — like computers and smartphones — edge into its territory and take over TV's functions. **ALEX MINDLIN**

http://www.nytimes.com/2010/09/06/business/media/06drill.html?_r=0

　　亮從里香身後看向她指的地方時，純也回來了。心跳略為加速的亮挺起上半身，里香毫不在意地呼喚兒子。

　　「純也，告訴我最後的句子是什麼意思。edge into its territory 是什麼？edge 是『端』的意思對吧？」

　　「你們兩人找到什麼了嗎？基本上，在遇到多個單字的排列組合時，只要用英辭郎※調查就對了。」說完，純也便打開英辭郎的

辭典網站並輸入 edge into。

(※ 編註：關於英辭郎用法請參考 Chapter 4。本章出現單字 "edge into" 目前中文環境沒有適當的翻譯可參考。)

edge into interesting **territory**

〔進入〕稍微感興趣的領域

http://www.alc.co.jp

「妳看！上面有非常相似的例句。『逐漸進入領域』就對了。順便調查 take over 後，可以查到『接替』的意思。也就是說，這一句話的意思就是『電腦和智慧型手機逐漸進入電視的領域，取代了它的功能』。」

里香和亮點頭說道「原來如此」。

「總覺得這篇文章可以作為我行銷工作上的參考呢……」亮又繼續喃喃自語。

正所謂三個臭皮匠勝過一個諸葛亮，原本認為不可能搞定的 The New York Times 文章變得可以讀了。亮因為成功突破以往根本不想讀的英文新聞這道難關而感到開心。

⭐ **Chapter 11 重點摘要！**

❶ 英文新聞上不光只有政治與經濟的相關報導，還會有各式各樣的版面，由於其中也有簡短輕鬆的讀物，所以非常適合閱讀。

❷ 幾個人一起進行閱讀的好處之一，就是能夠補足彼此搞不懂的地方，幫助對方理解內容。

英文新聞是能在閱讀英文時取得新聞資訊的一舉兩得的閱讀素材。請到下一頁看看國內與國外的英文新聞網站吧。

報社的英文網站

英文新聞是公認最適合英文閱讀的題材，而且特別推薦給無法撥出太多時間學習英文的商業人士。只要利用通勤過程之類的零碎時間，閱讀與工作有關的領域之報導或是感興趣的文章，並把這變成一種習慣，閱讀英文就會變得越來越輕鬆。首先要來看看台灣報社的線上英文網站。

Taipei Times（《台北時報》）
http://www.taipeitimes.com/

以下為日本的英語新聞網頁：

The Japan Times
http://www.japantimes.co.jp/

The Daily Yomiuri（讀賣新聞系）
http://www.yomiuri.co.jp/dy/

The Mainichi Daily News（每日新聞系）
http://www.yomiuri.co.jp/dy/index.htm

NIKKEI.com（日本經濟新聞系）
http://e.nikkei.com/e/fr/freetop.aspx

閱讀台灣編輯並發行的英文新聞的好處，不用說也知道就是報導內容比較貼近我們。就算是英文人名、地名、照片也能輕易理解，在解讀報導內容時也不會出現文化上的障礙。首頁會有各個類別的連結，可以在此尋找感興趣的報導。其中當然會有體育版。如果您是棒球迷或足球迷，也可以試著用英文閱讀昨天的比賽結果。生活文化專欄報導則會用比較淺顯的英文寫成。

不過，站在英文母語讀者的角度來看，台灣發行的英文新聞報導有一項缺點。那就是英文品質的問題。在翻譯由中文寫成的報導時，實在無法期望看到「最好的英文」。

可是，現在已經可以隨時在網路上輕易閱讀國外的新聞了。說到美國和英國的新聞的最大優點，便是文筆品質極高且基於各報社獨自觀點所做出的報導。和台灣的英文新聞網站一樣，國外的新聞網站上除了頭條新聞之外，還會有各個類別的連結。請點選感興趣的連結看看吧。為了縮短標題，所以經常可以看到簡稱，在還未習慣時可能會不容易理解意思。另外，有些報導會長到讓人難以置信。可是，請不要認定「我非得把它全部讀完不可」。即使是英文母語讀者也很少讀完整篇新聞報導。很多人都是跳著閱讀，覺得「大致上明白」之後便移往下一篇報導。

下面將介紹可以在線上閱讀的三個美國新聞網站。

The New York Times
http://www.nytimes.com/

The New York Times The Learning Network Blog
http://learning.blogs.nytimes.com/

首頁中塞滿了報導和連結。左邊有選單，可以進行 US 版和全球版的切換。畫面最上方偏右的地方有 Log in 連結，可以免費登錄為會員。變成會員就能無限制的存取線上內容，還能設定讓受歡迎的報導或書評寄送到自己的郵件信箱。

Learning Network 是將 NY Times 的報導用於學習用途的網站。不但提供了老師上課用的教材，還能基於新聞內容對學生進行測驗以增進理解或是進行問答。這是英文學習者也能充分活用的內容。

Los Angeles Times
http://www.latimes.com/

這是美國第三大的報社，其特徵是專精於與亞洲相關的報導。點選首頁上的 World 連結並接著選擇 Asia，就會顯示亞洲地區的新聞。在閱讀台灣的相關報導時，有時候還會發現 LA Times 的報導內容會比台灣的英文新聞更為深入。只要尋找 Asia 版，或是在 Search 方塊中用 Taiwan 這個關鍵字進行搜尋，就能閱讀台灣的相關報導。閱讀報導並不需要登錄會員或是做其他事情。

USA Today
http://www.usatoday.com/

首頁上塞滿了許多通往類別的連結與照片。報導較為簡潔，而且大多可以找到相關影片。在尚未習慣之前，有時候會因為連結太過複雜而迷路。只要在找到有趣的報導時加入書籤，就一定可以回到該處。

補充資訊

如果是 iPhone、iPad 使用者，還能在 App store 中免費安裝 NY Times 和 USA TODAY 的應用程式。這樣就能用應用程式閱讀報導而不需要啟動瀏覽器了。

Chapter 12

容易閱讀的採訪報導

讀書會當天，矢部亮率先抵達馬場家。

「喔，矢部，你今天的氣色看起來似乎特別好喔。」五郎出門迎接。

「是嗎？星野小姐她們已經來了嗎？」

「她們應該會和惠子小姐一起過來。星野小姐怎麼了嗎？」

五郎訝異地問。

「不，沒什麼。只是因為純也有幫我準備這次的讀書會，所以我才會這麼問。」

亮裝出一副若無其事的樣子，但其實已經迫不及待地想見到里香了。在純也幫忙選書的那一晚，看完 The New York Times 的網站之後，三人又開始聊天，而且一不小心便聊到將近 12 點。話題甚至觸及到純也的將來，每當里香和純也因為留學的話題而快要吵起來的時候，亮便跳出來負責仲裁。里香一方面不希望自己阻礙兒子追求夢想，卻又難以放下希望兒子在身邊多留一段時間的心情。心思細膩的純也痛切地理解母親的心情。而且，他也希望能夠盡快獨立自主、減輕母親的經濟壓力。可是，前往紐約挑戰自我的願望卻一天強過一天。

「我告訴你，人生本來就沒有辦法得到自己想要的一切！」

里香正打算如此結束爭論時，純也便以少見的毅然語氣說：

Chapter 12 容易閱讀的採訪報導

127

「我才不想要有那種想法！」

聽過這些話以後，亮深深地瞭解兩人的心情。在回家的途中，亮不禁捫心自問「那我自己又如何呢？」。雖然學生時代曾經和朋友一起熱衷於樂團，但現在卻過著平凡的上班族生活。如果當初沒有放棄的話，自己的人生會變得如何呢？自己現在想要的東西到底是什麼？亮在心裡決定要暗自聲援純也的夢想。

＊＊＊＊＊＊＊＊＊＊＊

沒多久，惠子、里香、純也便一起出現在馬場家門口。

當所有人都在客廳的沙發上坐定之後，亮便主動開口。

「好，讓我們開始吧。我已經準備好了！不過我要老實說，選擇本月課題時多虧了純也的幫忙。因為我是名上班族，所以試著找了商業類的書籍，但卻一直找不到合適的書，是純也推薦我《紐約時報》的。我們一起看過報導後，覺得似乎可行的，便是請各位閱讀的 Corner Office 了。Adam Bryant 這位專欄作家採訪了企業的執行長（CEO），並將內容寫成專欄報導。專欄中是依照主題分類整理採訪報導，可以用 CEO 本人的相片來選擇文章。」

成員們打開了專欄首頁。

「不曉得各位會對這個專欄中的哪一位人物感興趣，所以我在這裡拼命找了好久。我還因為在午休時間拿 iPad 閱讀《紐約時報》的報導，而被同事們冷眼相看。我好不容易才找到的人物便是 Tachi Yamada。他是位日本醫生，也是 Bill & Melinda Gates Foundation 財團的全球衛生事業總裁。大家都認識微軟的創辦人比爾·蓋茲（Bill Gates）對吧。他和妻子一同設立的這個財團，是為了消除世界上的疾病與貧窮而運作的。只要調查 Wikipedia，就能查出他的本名叫作山田忠孝，Tachi 則是暱稱。因為這只是篇採訪報導，所以不會有難以理解的暗喻，內容應該會比較平易近人才對。」

http://www.nytimes.com/2010/02/28/business/28corner.html

亮略顯緊張地開始朗讀選擇的段落。他想要和大家一起討論自己最受感動的內容。

One very important partner I had in life was my father. ＜中間省略＞ **His outlook was always international**. Very early, he sent me to United States. I was 15. He sent me to a boarding school, Andover.

His whole idea was that you can't possibly be competitive in the world unless you actually go outside your own geography and learn the way other people live and think. That probably was the most important lesson I learned — that **what's out there is more important than what you already know, and that you'd better go out and learn what it is out there that you don't know.**

（父親是我人生中最重要的人。＜中間省略＞父親的眼光總是向著世界。在我還很小的時候，父親就把我送到美國了。那時我才 15 歲。父親讓我就讀 Andover 這所完全住宿制的學校。

如果不實際離開自己的家鄉，並學習其他人是如何生活和思考，就沒有辦法在世界上跟人競爭，這是我父親的主張。我想，這才是我從他身上學到的最重要教誨吧。外在世界裡的事物遠比自己已經熟知的事物更為重要。人應該往外走，並在那裡學習自己所不知道的事情）

http://www.nytimes.com/2010/02/28/business/28corner.html

五郎率先提出註解。

「山田先生於 1945 年出生，是和我同一世代的人。在我們這個世代的觀念中，小時候是絕對不能違背父親的命令的。他說，15歲的時候父親就要他去美國留學，但當時的日本留學生應該用手指頭就能數得出來。」

亮說明了報導中的 Andover 是間著名私立高中的事情。大家同心協力地讀完那些艱澀的英文。亮把焦點放到最後一個段落。

...what's out there is more important than what you already know, and that you'd better go out and learn what it is out there that you don't know.

「山田先生出生於剛戰敗的年代，出國留學時日本經濟也才正要復興而已。父親讓兒子離開日本，應該是希望他能到外面的世界學習新的觀念。」

聽了奈津這番話，純也故作苦惱地說：

「這個人說自己的父親"His outlook was always international."。這種父母在當時真的算是超級開放了。但是過了半個世紀之後，日本人也變了不少。現在有些父母光是聽到子女說要留學便大驚小怪的……」

聽了兒子的話，里香立刻皺起眉頭看向亮。

「這是在找我的碴嗎！」

里香的語氣讓惠子嚇了一跳。

「矢部先生明明知道純也想要去紐約留學的事，也知道我反對這件事情。還故意選擇這種報導，讓大家提出意見。這不就像是在說我是個視野狹窄的母親嗎！」

純也沉默不語，馬場夫妻也因為突如其來的變故而說不出話。亮的腦袋一片混亂，不曉得該如何收拾局面。在令人尷尬的沉默之後，惠子終於整理好心情把話題拉回報導。

「呃……總之，山田先生在這之後還談到了何謂變化。具有在各種地方居住的經驗的人不會害怕變化。如果只有無法接受變化的員工，公司便會衰敗。」

The biggest problems I see in a group of people who don't embrace change is the they will always fight anything new, any new idea, any new concept, any outside point of view. And, of course, there are many examples of companies that have failed because of that.

（由無法接受變化的人所組成的集團的最大問題，就在於他們總是反抗新事物、新觀念、以及外部的觀點。當然，因為這個原因而衰退的公司多不勝數）

五郎也順水推舟試著幫助亮重新振作。

「他還提到了幽默感的重要性。他說，千萬不要太過煩惱自己的事情。哎呀，這對我來說才是最重要的呢。」

One underestimated and important value, I think, is a sense of humor. It's engaging, It's delightful, but it's also a reflection on not taking yourself so seriously.

（雖然不太受人重視，但我認為一個人真正重要的價值應該是幽默感。幽默能夠吸引眾人，是非常歡樂的東西。不光是這樣，這也是不過度煩惱自己的事情的一種表現）

「說得很對，充滿歡笑聲的家庭最棒了。就算什麼都沒有，也要有笑容！」

奈津這番話總算讓里香的表情也變得柔和。

「說不定家庭也和公司一樣呢。不能害怕改變......嗎？」

亮很感謝眾人的關懷。可是他仍然為了不小心刺激里香的事情感到後悔。他完全沒有傷害里香的意思。

因為亮還是一臉擔心的表情，惠子只好努力以開朗的聲音說：

「在這篇採訪的最後，山田先生不是有說『Be open to new challenges. ——敞開胸懷挑戰新事物吧』嗎？這句話真是觸人心弦。」

「惠子小姐，妳該不會又想要挑戰什麼事情吧？」奈津問。

「雖然還沒告訴別人，但我正打算二次就業。以往都只是漠然想著這件事情，但付諸行動的時候似乎到了。」

「那是件好事。在生完孩子之後繼續工作，就能在家庭與職場這兩個截然不同的世界中充份發揮自己。真不愧是組織的領導者，山田先生的話有股能夠振奮人心的力量。矢部，你這次選擇的題材真不錯。幹得好！」

聽了五郎的話，奈津也站起身來。

「小亮，感謝你舉辦這次讀書會。雖然對商業的東西不是很懂，但我也對山田先生的想法深感認同。特別是下面這段話。

One of the things that I learned is that you have to give more of yourself than you're used to. I'm Japanese. We're very reserved people. It was very difficult for me to learn that, in order to connect with groups of people, you have to give of yourself.

（我所學到的一件事情，就是必須比以往更加努力地表現自我。我是日本人。日本人是非常含蓄的民族。想要與人們建立關聯，就必須表現出真正的自己才行。雖然花了不少功夫，但我還是學到了這件事情）

　　我在五年前退休，嫁完女兒後便閒閒無事，就算待在家裡也總是感到空虛。不過，我在最近找到了可以表現自己的興趣，還品嘗到為他人付出的歡喜。那就是我的 give of yourself。所以，我今天為大家準備了杯子蛋糕。我女兒說，美國現在正流行這個呢。」

　　「我要一個！」

　　重新充滿朝氣的里香聲音讓眾人愣了一下，然後又馬上跟著伸手拿蛋糕。

　　此時，奈津突然想起忘記問的問題。

　　「不好意思，小亮，你可以告訴我專欄標題 Corner Office 的意思嗎？我調查字典之後，上面說它是『職員室』的意思，但為什麼會是角落（corner）呢？」

　　亮心想「糟糕，我沒有調查那麼多」，但是已經來不及了。幸好，總是比誰都深入研究課題、還會調查相關資訊的惠子主動代替他為大家說明。

「我查了很多資料,發現 Wikipedia 中依然有詳細的說明。」

A corner office is an office that is located in the corner of a building. Corner offices are considered desirable because they have windows on two walls, as opposed to a typical office with only one window or none at all. As corner offices are typically given to the most senior executives, the term primarily refers to top management positions.

http://en.wikipedia.org/wiki/Corner-office

(角落辦公室是指位於大樓角落的辦公室。辦公室的窗戶通常只有一扇,或是完全沒有,因此擁有兩扇窗戶的角落辦公室是很棒的辦公室。角落辦公室一般都會分配給地位較高的主管,因此這個名詞主要是代表高級主管的地位)

「由於有兩扇窗戶的角落房間有著開放性的視野,所以似乎都是用作總經理或高級主管的個人辦公室。角落辦公室是一種地位象徵,因此在這個專欄中出場的,全都是坐在角落房間裡的大人物。也就是因為這樣,這個專欄的內容似乎大多都和企業管理有關。」

「原來如此。」奈津說。

「惠子小姐,非常感謝妳的解說。」亮向惠子道謝。

在享用過杯子蛋糕與紅茶後,里香也說:

「別忘了。下個月是純也負責。記得找些可以讀的東西喔。」

「就知道妳會這麼說，所以我已經找好了。」

「哇……真是厲害！」眾人的反應讓純也有些得意。母親和她的朋友們還在學習如何活用英文網站。但是對於純也來說，網路搜尋早已是他的拿手絕活，就算是英文也沒問題。和亮借了 iPad 之後，純也向眾人展示了某個網站的影片。

「這是英文老師推薦我的網站。裡面匯集了各種領域的演講，內容從科技到娛樂都有，而且還有音樂的主題。不但對於聽力有很好的幫助，也能夠閱讀原稿。下次就來聽聽我選擇的演講，然後閱讀演講原稿吧。」

iPad 的畫面上顯示著鮮明的紅色 TED 標誌，標誌旁邊還有 Ideas worth spreading（值得推廣的點子）這句話。追尋快樂學習且免費的 e-reading 的一章讀書會成員們，終於遇到最適合他們的網站了。

Chapter
12
容易閱讀的採訪報導

★Chapter 12 重點摘要！

❶ 採訪報導很少會有艱澀的暗喻，因此出人意料的好讀。

❷ 只要定期閱讀喜歡的專欄，就能逐漸習慣其一致的主題與文風，而感覺越來越好讀。

❸ 對於受到感動的部份交換彼此意見，也是讀書會的一項樂趣。

如果能夠完全活用多媒體的恩惠，就能夠進行包含聽力練習在內的複合式英文學習，而不光只有英文閱讀。因為如此，請各位讀者務必看過後述的兩個廣播網站。它們是透過「讀」、「聽」還有「看」來讓人快樂學習英文的網站。

多媒體的英文學習網站

　　用耳朵聽英語的同時用眼睛閱讀文字，這種多面向學習方式具有極高的相乘效果，可以幫助我們加深理解。就連報社的網站上也不再只有文字，具備影片的報導變得越來越多了。以下介紹的兩個網站，便是被設計成用來學習英文，即使是對英文沒有自信的人，也能利用多媒體功能，配合與時事相關的話題進行閱讀。

BBC Learning English
http://www.bbc.co.uk/worldservice/learningenglish/

　　這是由 The British Broadcasting Company（英國廣播公司）所提供的英文學習網站。新聞報導十分簡短，並以粗體字顯示重要的語彙，還會用英文提示其意義。可以讓人一邊聽著播報員的聲音一邊閱讀報導。另外，報導中所使用的單字不但附有定義解說，還能進行發音練習。網站內容從新聞解說一直涵蓋到填字遊戲，想要從頭到尾全部讀完至少要花上好幾天，內容可以說是十分充

實。只要在這個網站中定期進行學習，一定能夠練就相當程度的英文能力。到 Downloads 區塊中下載 MP3 格式的音訊檔和對應的 PDF 格式副本也能進一步加深理解。

VOA Learning English
http://learningenglish.voanews.com/

VOA 是 Voice of American 的簡稱，它是針對國外聽眾設立的美國廣播局。這個網站上的報導，比上述的BBC網站還要長一些，使用的單字則會限制在 1500 個以內，每一個句子也會盡可能簡短。在 Special English 這個區塊中，可以聽到非常緩慢、發音明確的播報員聲音。新聞會每天更新，還能下載 MP3 格式的檔案作為聽力教材使用。

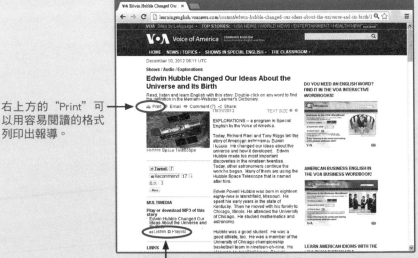

右上方的 "Print" 可以用容易閱讀的格式列印出報導。

點選照片下方的聲音列就會朗讀報導。
播放視窗中有選項"Download（Right-click or option-click and save link）"，只要點擊右鍵並選擇「另存連結為」，就能在自己的電腦或智慧型手機中儲存音訊檔了。

同時強化閱讀能力與聽力

　　純也是在決定就讀美國的音樂大學後，才決定認真練習英文閱讀。自從決定出國留學以後，他瀏覽過各個大學的網站，因為那龐大的資訊量而深感震撼。需要調查的事情堆積如山：大學制度、音樂課程、學費、宿舍與寄住規則、以及留學生的注意事項等等，而且還非得對這些多樣化的要素，進行綜合判斷不可。想要找到合適的學校可以說是難如登天。就在純也幾乎要放棄的時候，找到了The City University of New York（CUNY）這間學校。這是間位在人人憧憬的大都會，紐約市中心的學校，學費還算便宜，而且似乎有教授他想要學習的東西。

　　花了不少時間才決定要報考的學校。可是，純也的英文能力在這段期間不知不覺提升許多。其實英文並不是他擅長的科目，但是在迫於需要，徹底讀完英文網站的過程中，對於英文的排斥感，自然變得越來越少。純也切身體會到一旦有了打從心底想要的東西，想要得到它的慾望，就會變成學習外文的強大原動力。

　　之所以參加一章讀書會，也是為了讓母親明白，自己對於留學這件事的決心。偶然得到矢部亮這位理解自己的人，也讓他非常開心。亮似乎對母親有意思。雖然很想吐槽他「你眼睛沒問題嗎？」，但是能夠有亮在一旁關懷外表開朗，但其實害怕寂寞的母親，對於準備放下母親，出國留學的自己來說倒也是件好事。

＊＊＊＊＊＊＊＊＊＊＊

　下一次讀書會的夜晚，純也和母親與惠子三人準時抵達馬場家。五郎出門迎接大家。

　「歡迎了！純也小弟，拜你所賜，我這個月還真是夠忙的了。」

　「內容太難了嗎？」

　「不不不，並不是這樣，只是我一打開 TED 的網站，就再也停不下來了。」

　「我也一樣。一個接一個聽過演講之後，才發現每一篇都好有意思。」惠子在旁搭腔。

　里香和奈津互相看了一眼，她們的臉上都寫著「好像不是這樣」。

　「光是要理解內容在講些什麼就已經很不容易了，還好有中文翻譯。」奈津也同意里香這句話。

　「我也是。不過，這次的 Jay Walker on the world's English mania（傑伊‧沃克談論世界的英語狂熱）的演講中有很多圖片，這一點真的很棒。我借助圖片、字幕和原稿，還聽了好多遍才終於搞懂內容。」

★ **Chapter 13 重點摘要！**

● 在迫於需要而閱讀大量英文的過程中，就會自然增強實力。

在讀書會開始之前，我們要在這裡先詳細介紹純也選擇的本月課題──TED 這個網站的內容及其用法。

關於 TED（http://www.ted.com/talks）

　　TED（Technology, Entertainment, Design）是非營利團體所營運的網站，於 2007 年 4 月開設。其原則是 "Ideas Worth Spreading"「值得推廣的點子」。TED 會派人到世界各地的集會中，將活躍於各種不同領域的人們的演講拍成影片，然後放到網站上讓所有人自由觀賞。

　　演講的長度從幾分鐘到半小時都有，不但有嚴肅的內容，也有愉快的話題，有時候還會有樂器演奏和使用 PowerPoint 進行的簡報。講台上的演講者全都有著專業的知識和獨到的觀點、想法，而且還會鎖定重點進行說明，能夠讓人聽到既刺激又有趣的話。焦點明確的演講就像是只有 one chapter 就完結的書，TED 可說是最適合一章讀書會的網站了。這個網站提供的內容和功能，是閱讀能力與聽力的優良教材。能夠以電子檔的形式，取得所有影片和原稿也是一大優點。

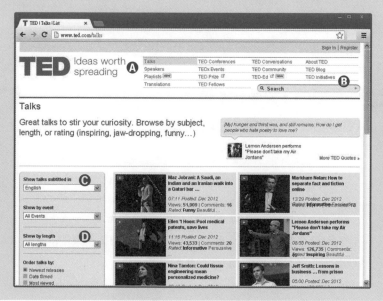

首先就來說明網站的用法吧。一邊閱讀一邊自己實際操作應該
會更容易理解。

Ⓐ：Talks（演講）

選擇最新的演講或發表會。左頁的圖片是 Talks 的畫面。

Speakers（演講者）

用演講者的姓名選擇演講。

Plalists（播放清單）

用主題（科技、娛樂、藝術、商業等等）選擇演講。

Translations（翻譯）

可在 Find talks in your language 的下拉選項中選擇需要
的語言。若選 Chinese,Traditional（繁體中文）則會出現有
繁體中文字幕的影片。

Ⓑ：Search（搜尋）

知道人名和主題時，可以在這裡進行搜尋。

Ⓒ：Show talks subtitled in（顯示字幕）

可以搜尋各種字幕的演講。演講都附有多種語言的字
幕。幾乎所有的演講都附有英文字幕。在此選擇 Chinese,
Traditional 就能看到繁體中文字幕。

Ⓓ：Show by length（顯示長度）

可以用演講長度（幾分鐘）選擇演講。知名人士的演講
通常都是 20~30 分鐘。讀書會則比較適合採用 3~9 分鐘長
度的演講。

純也為了選擇適合讀書會的演講，而在 Search 方塊中輸入關鍵
字 English 進行搜尋。結果他選擇了 Jay Walker 的演講。

各演講的開頭畫面中含有許多資訊。

🅐 影片及作者簡介，點選 Full bio 可連結至完整介紹頁面。

🅑 選擇影片的字幕

🅒 **Download**

　　可以下載儲存演講的音訊檔（MP3）或影片（MP4）。

🅓 **Show transcript**

　　請看到箭號所標示的 ”Show transcript”。這是使用
TED 聽英文或閱讀英文時非常有幫助的功能。點選這裡便
能顯示 interactive transcript，也就是和影片同步的演講原
稿。不光是能顯示字幕，還能在這裡閱讀整個演講的原
稿。其中還會有翻譯成中文的演講稿。

english

點擊原稿內的單字，就會和影片同步，跳到演講者說那句話的瞬間。一般在觀賞影片的時候，都是使用快轉或倒回功能來尋找想看的地方，但是使用這個 Show transcript 功能就能立刻播放想要的地方。聽不太懂的地方可以多聽幾遍，並藉此確認其發音，對於理解英文非常有幫助。

還能將原稿儲存為文件並放到電腦或智慧型手機等裝置中。在這種情況下，請把游標移到第一個文字（在此範例中為 Let's）左邊，然後一口氣向下捲動到演講稿尾端並選取複製。

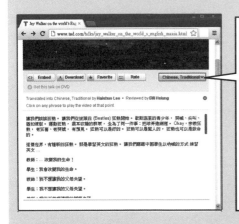

繁體中文

和英文原稿的時候一樣，和影片同步的功能依然可以使用。

各國語言的演講稿翻譯工作全是由義工完成的。

　　純也為了提升自己的英文能力，從較為簡短並簡單的演講開始，逐步選擇更困難且更長的演講。此時最重要的一件事情，就是一定要以「自己感興趣的主題」作為選擇基準。

Chapter 14

英文是通往未來的護照

　　當純也正在說明使用 TED 的英文學習法時，從門口傳來了門鈴聲。「不好意思，我來遲了。」矢部亮邊說邊喘著氣走進屋內。一走進房間，他立刻低頭向里香說：「上次多謝了。」

　　「你們又舉辦讀書會了嗎？」惠子立刻詢問。

　　「我可沒參加喔。」純也說。

　　「對啊，我們一起吃了頓飯。他說他搞不懂英語狂熱演講中的某些地方，拜託我教他。」里香若無其事地說。

　　「請我媽教你？真的假的！」

　　看到滿臉通紅的亮，惠子趕緊把話題轉回演講上。

　　「Jay Walker 稱呼狂熱的英文學習者為 English mania，還舉了中國當例子。他們有非常嚴格的考試，為了追求更好的生活，中國人似乎都以我們無法想像的熱衷態度學習英文呢。」

Imagine a student taking a giant test for three full days. Her score on this one test literally determines her future. She studies 12 hours a day for three years to prepare. 25 persent of her grade is based on English. It's called the **Gaokao**. And 80 million high school Chinese students have already taken this grueling test.

（請想像一位學生花了整整三天接受考試的景象。這個考試的成績一如其名決定了她的未來。她每天用 12 個小時讀書並花上三年作準備。英文佔了她成績裡的 25%。這便是所謂的「高考（Gaokao）」，有超過 8000 萬人的中國學生都參加了這個嚴格的考試）

「我一開始還不知道 Gaokao 是什麼，這是中國話的發音對吧？」奈津問。

「日文原稿中是寫著『高考（Gaokao）』。其實，我在到國外出差的時候，也因為閱讀中文化的英文而吃了不少苦頭。把中國話的發音轉成英文字母後，我卻找不到相對應的漢字。大家聽到 Tianjin 這個地名有辦法」聯想到天津嗎？」

惠子接著五郎的話說：

「我沒有看過日文原稿，直接就到 Google 搜尋 Gaokao 這個關鍵字。我先用 "Chinese test Gaokao" 進行搜尋，結果找到的都是英文網站。因為想要讀看看日文說明，所以我就搭配日文關鍵字 [中国テスト gaokao] 重新搜尋，這次我找到了。Gaokao 就是中國版的聯考。」

一時之間，成員們談論著考試制度。另外，由於日本也是從小學開始就將英文列入必修課程，所以話題還延伸到教小朋友英文的是非對錯。針對太早學習外國語言，可能反倒會讓母語變得生疏這一問題，Jay Walker 也有在演講的最後提到。

Is English a tsunami, washing away other languages? Not likely. English is the world's second language. Your native language is your life. But with English you can become part of a wider conversation. A global conversation.A global conversation about global problems.

（英語是淹沒其他語言的海嘯嗎？不是這樣的吧。英語是世界第二外語。你的母語則是你的人生。可是英語能讓人參加更大規模的會

話，那就是談論世界規模問題的世界規模會話）

…English represents hope for a better future. A future where the world has a common language to solve its common problems.

（英語是通往更美好未來的象徵。那是一個有著能夠解決世界共通問題的語言的未來）

「他說，學習英語並不會有失去母語的危險。英語作為一種世界共通的語言，有望變成解決許多國際問題的工具。因此，我們可以將邁向更美好未來的希望，寄託在這種語言上。我對這個想法深有同感。」五郎感慨地說。

討論過 Jay Walker 的演講之後，各個成員便開始分別介紹自己在 TED 網站上找到的演講。純也很高興大家都能感受到 TED 的魅力，並學會它的用法。他決定在最後公開自己珍藏的演講。

「亮先生把他以前喜歡的 Steve Jobs 的演講寄給我了。這是 Steve Jobs 在史丹佛大學畢業典禮上的演講。內容是對即將進入社會的畢業生宣揚『追逐夢想』的重要性，讓我受到非常大的刺激。」

低著頭的亮抬起了頭。

「我一直都很崇拜 Steve Jobs。他主動從大學退學，開發了麥金塔電腦，將蘋果建立成一間大公司，卻被自己建立的公司解聘，又被宣告罹患癌症面臨死亡的威脅。在經歷過激烈的人生起伏之後，他又再度成為蘋果的執行長並大為活躍。這份演講稿便是 2005 年的東西，當時還在網路上引起了話題，儘管到了現在也是著名的感人演講，可以在 YouTube※上輕易找到。」（※ 到 YouTube 上搜尋 "Steve Jobs' 2005 Stanford Commencement Address" 看看吧）

純也朗讀自己深受感動的部分給眾人聽。

You've got to find what you love. And that is as true for your work as it is for your lovers. Your work is going to fill a large part of your life, and the only way to be truly satisfied is to do what you believe is great work. And the only way to do great work is to love what you do. If you haven't found it yet, keep looking.

（你們一定要找到自己真正喜歡的事情才行。不管是工作還是戀人都一樣。工作將佔據你未來人生中的一大部份。在真正意義上獲得滿足的唯一方法，就是從事自己深信不疑的美好工作。然後，如果要完成美好的工作，那工作就非得是自己真正喜歡的事情不可。如果你還沒有找到，那就繼續尋找吧）

And most importantly, **have the courage to follow your heart and intuition**.

（而最重要的一點是，要擁有順從自己的心靈與直覺的勇氣）

「我想，各位應該都知道母親非常擔心我前往美國的計畫。我非常瞭解她擔心我的心情。因為我們母子二人一直相依為命，所以她對於自己孤單一人這件事情深感不安。而且她也擔心著我的將來，害怕我走音樂這條路會不會養不活自己。大學同學們也都說想要找到工作十分困難，而努力尋找穩定的工作。所以，老實說，我自己的心裡依然有著迷惘。不過讀了 Steve Jobs 的演講之後，我感到自己的心靈深處被撼動了。他說，You've got to find what you love.（你們一定要找到自己真正喜歡的事情才行）。我已經找到自己真正喜歡的事情了，那就是音樂。然後 Jobs 還說，have the courage to follow your heart and intuition.（要擁有順從自己的心靈與直覺的勇氣）。對，就是勇氣。就算看不見眼前的未來，就算明知選擇的道路有多麼坎坷，我還是要做自己真正想做的事。我覺得只有這樣才能開拓我自己的人生。」

純也筆直注視著里香的雙眼。

「我已經到了能夠獨立自主的年齡。不過，我還是希望母親能夠認同我的決心、希望讓母親親口說出『去做你想做的事情吧』這句話。我並沒有天真到去期待在紐約的花樣生活。我恐怕會遇到不少挫折吧。也一定會有煎熬到不知該如何是好的時候。但我希望母親能在那種時候鼓勵我。然後，在母親遇到困難的時候，當然也可以依靠我。只要使用網路就能輕易交談了。就和以往一樣，隨時都可以找我商量事情。」

里香抓住包包，慌張地尋找某樣東西。亮迅速從口袋裡拿出手帕給她。

「真是的，在大家面前講這種話，我不就沒辦法說不行了嗎？」

看著拼命忍耐眼淚的母親，純也閉上了嘴巴。惠子和馬場夫妻也摒住呼吸。亮下定決心開口。

「我覺得里香小姐很不簡單。從事自己能完全投入的工作至今，還把兒子扶養得如此出色。不妨試著為純也的夢想加油，帶著笑容把純也送往紐約吧。我年輕時放棄了最愛的音樂成為上班族。我至今仍舊還對現在的生活有所懷疑。懷疑當初是不是應該順從自己的心情，去追求真正喜歡的東西。所以說，當純也離開家裡、妳一個人感到寂寞的時候，那個，呃⋯⋯如果妳不嫌棄的話，隨時都可以來找我！」

「小亮啊，你現在真正想做的事情⋯⋯就是待在里香小姐身邊嗎？」

被奈津這麼一問，亮立刻以從未有過的堅定語氣回答：

「沒錯，如果可以的話，我希望成為她的依靠！」

一直默默聽著的里香開口了。

「我明白純也是認真的了。也明白自己不能阻止他前往紐約追逐夢想。亮先生，你說得對。我應該用笑容送純也出國才對。純也，

你就去紐約吧。去努力嘗試自己的可能性吧。不過，如果遇到什麼問題，別忘了你還有個隨時都能回來的家。」

惠子催促找不到該說的話的里香。

「里香！妳應該還有話要對亮先生說才對吧！」

「也對，他總是非常溫柔，也很瞭解我和純也的心情。有亮先生在身邊讓我放心多了。這樣我以後也不用怕寂寞了。」

只有坐在旁邊的亮發現從里香眼角流下的一滴淚水。馬場家的客廳充滿了溫暖的氣氛，每一位成員都體會到了幸福的心情。

奈津笑容滿臉地站了起來。

「好了好了，我們來慶祝吧。我今天做了布朗尼蛋糕喔！」

★ Chapter 14 重點摘要！

❶ TED 的網站上收錄了數量龐大的演講，而且這些影片還分別附上了字幕與原稿，可以讓人進行綜合性的英文學習。

❷ 有些演講稿附有中文翻譯，可以幫助理解。

下面將介紹幾個推薦的演講，請試著找一個來聽看看吧。習得網站的用法後，就試著尋找自己喜歡的領域的演講吧。

解說

TED 網站裡的優良演講

　　讀書會成員運用中英字幕和中英演講稿，利用 TED 網站作為 e-reading 和聽力練習的題材。除了純也指定的演講之外，他們還各自尋找了自己感興趣的演講者。各位成員所聽的演講如下。

＊五郎

　　五郎讀過哈佛大學的邁可・桑德爾（Michael Sandel）教授的書《正義：一場思辨之旅》（雅言文化出版）。在 TED 上看到桑德爾教授的名字之後，馬上就觀賞了他的上課影片。TED 上還有哈佛大學的 Justice with Michael Sandel 網站連結。而且還能閱讀研討會指南等資料。

Michael Sandel"What's the right thing to do?"
（邁可・桑德爾「什麼是正確的行動？」）

此外，他感興趣的演講還有：

Al Gore "Al Gore's new thinking on the climate crisis"
（艾爾・高爾「艾爾・高爾談如何面對氣候變化危機」）
Bill Gates "Bill Gates on mosquitos, malaria and education"
（比爾・蓋茲「比爾・蓋茲談瘧疾與好的老師」）

＊惠子

　　惠子讀過小説《精靈之屋》，找到作者依莎貝・艾蘭德（智利作家）的演講之後，再次被她絲毫不比小説內容遜色的熱情話語所感動。

Isabel Allende"Isabel Allende tells tales of passion"

（依莎貝・艾蘭德「依莎貝・艾蘭德分享熱情的故事」）

＊里香

里香被有強烈主張的內容吸引，聽了下列演講。

Jonathan Klein "Photos that changed the world"

（Jonathan Klein「改變世界的照片」）

　　這是講述優秀的報導照片如何對世界中的人們產生影響的簡短演講。

William Kamkwamba"How I harnessed the wind"

（威廉・坎寬巴「我如何駕馭風」）

　　這是在充滿貧窮與飢餓的環境下長大的馬拉威少年，於 14 歲時做出自家發電用風車的故事。還有《御風男孩》這本中譯書（天下文化出版）。

＊奈津

奈津被下面這則故事感動了。

Jane Chen "A warm embrace that saves lives"

（Jane Chen「救命的溫暖擁抱」）

　　這是講述在無法取得昂貴的育嬰器材的開發途中國家中，人們如何保存早產兒的體溫以拯救其生命的故事。

＊亮

亮利用 TED 來轉換心情。

Bobby McFerrin "Bobby McFerrin plays...the audience!"

（巴比・麥菲林「巴比・麥菲林演奏……聽眾！」）

　　"Don't Worry, Be Happy" 的歌手巴比・麥菲林呈現出與聽眾合而為一的演奏。

＊純也

純也果然還是對音樂最感興趣，深受相關影片吸引。

DavidHolt "David Holt plays mountain music"

（David Holt「David Holt 的民俗音樂演奏」）

　　民俗音樂演奏家會演奏班卓琴之類的民族樂器，並於其間穿插一些充滿趣味的話。插曲中全是能夠幫人理解美國文化的內容。

Jennifer Lin "Improvising on piano, aged 14"

（Jennifer Lin「即興鋼琴演奏，14 歲」）

　　由年輕鋼琴家 Jennifer Lin 進行的精彩演奏。

Steve Jobs "How to live before you die"

（史蒂夫・賈伯斯「史蒂夫・賈伯斯談『死』前人生」）

　　不光是 YouTube，在 TED 網站上也有這篇演講。史丹佛大學的網站上也有英文原稿。

　　http://news.stanford.edu/news/2005/june15/jobs-061505

六個月後

　　惠子下班後前往里香的家。今晚在里香家裡舉辦了一章讀書會的派對。馬場夫妻下個禮拜要前往美國俄勒岡州見女兒一家人，因此大家決定舉辦餞行會歡送他們。由於距離約定好的時間尚早，應該還沒有人抵達才對。

　　開始舉辦讀書會到現在已經有一年多了，期間真的發生了很多事情。剛開始的幾個月時，因為還在錯誤中反覆學習，所以時間過得非常快。現在回想起來，純也介紹 TED 網站並宣告要去美國留學的那個月，正是讀書會的轉捩點。從那以後，一個月舉辦一次的熱鬧英文讀書會並沒有中斷，由主辦人準備喜歡的讀物這一點也沒有改變。但是，大家的生活卻開始慢慢地改變，每一個人都踏上了嶄新的路途。

　　以利用英文重新就業為目標的惠子，再一次回到以前的公司擔任兼職員工了。幸虧以前的上司還留在公司裡，而且幫她說了不少好話。她的主要工作是聯繫國外客戶，雖然要學習新的商業知識很不容易，但以前的公司還是非常歡迎惠子復職。前往公司大約要坐 30 分鐘的電車，因此惠子利用通勤時間把 *Daddy-Long-Legs*（長腿叔叔）讀完了。她買了最新型的 iPad touch，可以在螢幕上顯示頁面。一邊閱讀文字一邊用耳機聽朗讀的話，通勤也不再是件痛苦的事情了。

讀完 *Daddy-Long-Legs* 後，惠子使用 Kindle 應用程式，在她最喜歡的懸疑類別中尋找書籍。因為懸疑類書籍會讓人迫不急待地想知道結局，所以她覺得這樣能夠提升讀完一整本書的士氣。她讀過許多女性推理作家的試讀檔案，最喜歡 Janet Evanovich 和 Sue Grafton 這兩位作家。現在則是在閱讀偶然找到的 Diane Mott Davidson 寫的 *Fatally Flaky*。因為故事大綱是一名女廚師解決殺人事件，所以奈津太太可能也會想讀讀看。

　　純也依然在準備 TOEFL 考試。他的獨門讀書方式是在自己感興趣的分野中閱讀、聆聽英文，而不是一昧地埋首在講義中。純也在 TED 網站中聽演講、憑藉著「想要瞭解」的衝勁閱讀網路上的音樂相關文章，並在這個過程中感到自己正逐漸進步。不過，距離 TOEFL 考試只剩下幾個月了，純也最近終於開始練習考古題。由於美國大學的考試項目中還包含散文，所以他也開始鍛鍊書寫能力。

　　里香完全接受純也留學的計畫了，現在的她全力支持著兒子。之前她還說：「純也留學的期間，我也想去紐約看看。」

　　至於五郎，他這陣子都在專心準備旅行。他似乎下定決心收集所有與俄勒岡有關的英文旅行資訊，還買了英文的旅遊指南書。當然，是 Kindle 版的旅遊指南書。僅僅只有 240 克重的 Kindle 閱讀器即使放進數本、甚至數千本書也不會增加重量。因為很適合在旅途時使用，所以他打算趁機購買要在飛機上閱讀的書。

　　奈津當然繼續尋找著烹飪網站。一旦發現日本家庭料理的英文食譜，她就會列印出來並放到文件夾中建檔。她期待能夠到俄勒岡教升上小學二年級的孫女做些簡單的料理。至於以往毫無自信的英文會話，她打算試著開口說說看，就算說得不好也無所謂，真的不行時再拜託五郎出面就好。奈津已經有十足自信能夠看懂一般的看板和菜單了。看著神采奕奕地說話的奈津，實在無法想像她和在英

文會話教室中，緊張到嘴唇發抖的她是同一個人。

里香和亮非常中意 BBC Learning English 網站。因為上面的新聞報導較為簡短、而且還有小遊戲，即使沒有其他成員的幫助，只靠他們兩人也能順利讀過。另外，這個網站上的音訊檔和影片非常豐富，因此還有能夠讓 iPhone 與 iPad 的功能完全發揮的優點。

雖然亮在 TED 讀書會中向里香表明心意，但不曉得兩人的關係在那之後有何進展。惠子這陣子忙著二次就業，根本沒有機會向里香好好打聽，這令她十分在意。亮的年紀比里香小很多，又沒有結婚的經驗。如果雙方的感情熱度有落差，年輕的亮很可能會因此受傷，或是可能反過來對其他女性移情別戀。不管怎麼樣，都一定會有人受到傷害。

在出了車站的路途中，惠子一邊思考各種事情一邊漫步。距離里香家已經不遠了。里香一定來不及準備，現在正手忙腳亂吧。必須幫忙她做菜還有收拾才行。可是，今天的工作又累又漫長。還真想早點脫下高跟鞋，躺在椅子上喘氣歇息。惠子拖著隱隱作痛的雙腳，走到里香家門按下了門鈴。

門隨著咚咚咚的腳步聲一口氣打開了。站在另一邊的人竟然是亮。

「惠子小姐，歡迎光臨！我今天從公司早退了。我們兩人現在才剛打掃完房間，里香正在燒洗澡水。我在路上的便當店買了小菜和甜點，所以有很多好吃的東西喔。純也剛才也打電話說他已經在回來的路上了。再來就剩下等待馬場夫妻光臨而已了。惠子小姐請坐著休息就好。」

完全沒有需要幫忙的事。真是太好了。鬆了一口氣的惠子坐到沙發上時，亮以開朗的聲音說：

「派對真是一種不錯的活動。等我們要去紐約的時候再來舉辦

一次吧！」

　　惠子並沒有漏看他臉上的滿足表情。

The End

持續進行英文閱讀的三項建議

前面的內容如何呢？在英文程度各不相同的登場人物們分別尋找適合自己的 e-reading 素材的過程中，各位讀者是否也得到了某些啟發呢？

以下將提出一些無法在內文中說明完畢的英文閱讀相關建議。下定決心開始閱讀英文，意氣洋洋地開始嘗試之後，有時候卻會在意想不到的地方遇到挫折。而這篇 EXTRA 中就寫滿了讓您避免繞遠路、愉快持續英文閱讀的建議。下列項目就是最大的重點。

- 試著閱讀本國作家之作品的英譯本
- 試著舉辦讀書會（社群閱讀）

接著要來看看第一個項目。請實際體會暸解英文的語言特徵所帶來的閱讀能力提升效果吧。

1. 容易閱讀的英文的判斷基準

在閱讀英文時可能會碰到許多不認識的單字。可是，一直翻字典查詢不認識的單字會大幅減少閱讀的樂趣。想要快樂地閱讀英文，就要有「不在意小事」、「就算有些不懂也無所謂」的從容心態。

話雖如此，但如果對內容一無所知也無法推進閱讀進度。因此這裡要來談談閱讀英文時應該注意的地方，以及翻字典時應該查詢

哪一種單字。

◎容易理解的英文的主詞與動詞必然接近

　　想要理解英文，就必須關注作為文章骨幹的主詞和動詞。即使是又長又複雜的難解英文，只要能夠理解主詞和動詞，就能大致掌握其意義。就讀者的立場而言，主詞 (Subject:S) 和動詞 (Verb:V) 越接近，文章就越容易理解。大多數的難解英文都有著 S 和 V 的位置相距甚遠的特徵。另外，一個句子裡的 S 和 V 的組合越多，就表示句子結構越複雜，也越難理解其意義。

☹ **Observers** in the observation room on Wednesday, day three of
　S

the seven-day isolation, **are sitting** at long tables with their notepads
　　　　　　　　　　　　　　V

and cups of tea watching a row of closed-circuit TVs.

　　在這段英文中，句子整體的主詞是 observers，其後的動詞則是 are sitting。由於 observers 和 are 距離了 12 個單字，所以在掌握「誰做了什麼事情」這個文章主要訊息之前，必須先解釋說明細節的 12 個單字的意義才行。一旦主詞和動詞像這樣隔得太遠，就會需要重讀好幾遍才能搞懂句子。如果 SV 的距離越近、句子越短，則閱讀時的負擔就會大為減輕。

☹ The observation **room** **is** upstairs from the chamber. **It is**
　　　　　　　　　 S　　 V　　　　　　　　　　　　　　　　　S V

Wednesday, day three of the seven-day isolation. A row of closed-

circuit **TVs** **are** lined up for the **observers** , who **sit** at long tables
　　　 S　　V　　　　　　　　　　　　　　S　　　　　V

with their notepads and cups of tea.

(觀察室位於 (隔離) 房間的上一樓。今天是星期三，長達七天的隔離期間的
第三天。觀察者專用的閉路電視排成一列。觀察者拿著筆記本和茶杯，坐在長桌的
位子上)

Packing for Mars by Mary Roach

　　這段文章引用自第 5 章所介紹的 *Packing for Mars*，由於 Mary
Roach 是名科學記者，所以會寫出簡潔且 SV 距離近的易讀句子 (前
面的範例是筆者刻意用難讀的風格改寫而成的)。只要隨著句子的
流向追尋單字就能理解內容，而不需要往前重讀。

　　英文小說之類的書籍則會有該作家的獨特文筆風格。只要選擇
愛用 SV 相近的短句的作者之作品，就能快速推進閱讀進度。如果
要判斷作家的英文文筆風格，只需要觀察一個句子的長短和 SV 的
結構有多單純就行了。

◎要翻字典查那些單字呢？→觀察主詞和動詞

　　有些人說在閱讀英文只能看到一個個單字，無法將這些單字連
在一起變成句子。這是因為沒有區別單字重要度，就想理解內容而
產生的現象。在學校裡學習英文時，都會要我們一一調查單字的意
義並加以解釋，然後將之轉換成中文。這種做法在細讀的時候是有
效的，但卻不適合迅速閱讀較多內容。而且老是習慣把英文翻譯成
中文的話，也無法訓練從英文直接浮現出形象的能力。

　　當人類用眼睛觀看周圍景色的時候，並不會看著視野內的所有
事物。我們會在無意識中選擇自己關心、認為重要的東西來看。如

果擁有將一切事物視為等價、有如照相機一般的眼睛，那我們應該會累死吧。閱讀英文時也是一樣，將注意力平等放在所有單字上的話，不但累人又會花掉許多時間。英文閱讀時只需要注意重要的單字，即使不懂也無所謂的單字則可以全部忽視。

說到「重要的單字」是什麼的話，果然還是主詞和動詞最重要。只要觀察「主體＝主詞 (S)」是什麼，再看到該主體「做了什麼＝動詞 (V)」，就能立刻讀懂其意義。一旦努力找出主詞和動詞，就能輕鬆推測出作者的想法。當一個句子中有太多看不懂的單字時，就先調查主詞和動詞的意義吧。由於形容詞和副詞只是用來進行細微描寫的「裝飾」，所以即便不明白也不太會影響我們理解句子的意義。

請試著看到關於第 10 章的尾崎 Theodora 英子的 Wikipedia 文章 (下面會為了容易閱讀而進行換行)。下述的黑色粗體字部份是作為句子意義之骨幹的主詞 (S) 和動詞 (V)。藍色粗體字是除此之外的句子元素，都是國中時學過的單字。

Yei was sent to **live in Japan with her father**, which **she enjoyed.**
Later **she refused** an arranged **marriage**, left her **father's house**,
and **became a teacher** and secretary to earn money.
Over the years, **she traveled** back and forth **between Japan and Europe**, as her employment and family duties took her,
and **lived in** places as diverse as **Italy** and the drafty upper floor of a Buddhist **temple.**
（只翻譯黑色和藍色粗體字的結果）
英子被送往日本。和父親住在日本。她很快樂。
她 refuse(= 拒絕) 結婚，離開父親家，成為老師。
她在日本和歐洲之間旅行。
然後住過義大利和佛寺。

只要明白黑色和藍色粗體字，就能理解這個段落的大致意義。其中稍微算是困難的單字就只有 refuse。只要調查這一個單字，並從 refuse 和 marriage 得到「拒絕結婚」這個意思，就能在相當大的程度上理解英子的為人。當然，若是連粗體字之外的單字也一併調查，就能明白更詳細的意義。

◎為什麼要調查動詞呢？→動詞中也包含了擬聲語和擬態語的要素

在上述範例中，我們說應該要關注主詞和動詞。動詞是表現動作的語句。而英文的語言特徵便是「動詞強大」。這個「動詞強大」是什麼意思呢？那就是只表現一個動作的單字塞滿了意義、能夠表現許多內容的意思。這一點能夠以食譜所使用的英文特徵來說明，透過動詞的區別使用，就能分別描述雖然相似但有細微差異的動作 (100 頁)。除此之外，表現聲音或狀態的動詞也能作為含有許多意義的範例。

比如說，「風吹」的英文可以表現成

The wind **blew**.

這裡要將 blew (blow 的過去式) 改成表現「吠叫、低吼」的動詞 bellow 看看。

The wind **bellowed**.
風呼呼地吹。

改成表現「低語」的動詞 whisper 後

The wind **whispered**.

風沙沙地吹。

改成表現「尖叫」的動詞 shriek 後

The wind shrieked.

風咻咻地吹。

改成表現「呻吟、嘆息」的動詞 moan 後，就會變成下面這樣。

The wind moaned.

風發出低鳴聲般地吹起。

　　有發現嗎？每當改變與 the wind 組合的一個動詞，在中文中就一定要加上「呼呼地」、「沙沙地」、「咻咻地」、「發出低鳴聲般地」之類的副詞才行。也就是說，英文的動詞中也包含了擬聲語和擬態語的要素。舉例來說，子音 **b** 是暗示低沉的大聲音、**s** 是尖銳的高音、而 **m** 則是低沉渾厚的聲音。

　　不光如此，動詞還能用來表現氣氛與作者的觀點、感情。The wind shrieked. 會醞釀出恐怖的氣氛，並表現作者的狂亂狀態。The wind moaned. 會表現出悲傷的氣氛，而寫成 The wind whispered. 便能傳達溫暖和善的心情。在大多數的情況下，只要像這樣調查一個動詞，就能想像出動作、聲音、氣氛、甚至是當事人的心情。

　　英文作者會透過將許多意義塞到一個動詞中來加強描寫。因此，在閱讀英文且遇到好幾個不認識的單字時，只要優先調查動詞，就能推敲出作者的意思。

◎調查單字時還有其他需要注意的事嗎？
→注意英文的多義性

一旦品詞不同，意義就會完全不一樣的單字（無法推敲意義）

　　英文中的某些單字具有令人難以想像的多樣不同意義。而且，越是單純的日常用語就越是有這種傾向。如果在閱讀英文時覺得搞不清楚熟悉用語的意義，就麼該用語就很可能是被用來表現完全不同的意思。在這種時候就要建議您翻翻字典了。也許可以學到自己完全不知道的定義。

　　以 fine 為例來思考看看吧。

> ### A. I was **fine** in the city.
> 我在這個小鎮上過得很好（形容詞）。

> ### B. I got a **fine** in the city.
> 我在這個鎮上被課徵罰款了（名詞）。

　　A 是把 fine 當成形容詞來表達「過得很好」的意思，B 則是把 fine 當成名詞來表達「罰款」的意思。不曉得這個單字的意義為什麼會差這麼多。就算知道 fine 有著「健康、美好、精細」等意義，也很難推敲出「罰款」這個意思。

　　常見的單字 sound 也是一樣。在下列例句中，一個單字被用在許多看似毫無關聯的意義上。

A. He heard a big **sound**.

他聽到巨大的聲音（名詞）。

B. He has good **sound** sense.

他擁有健全的常識（形容詞）。

C. He swan across Puget **Sound**.

他游泳橫越普吉灣（名詞）。

D. He **sounded** out Mr. Tamura about the job.

他向田村先生打聽那份工作（動詞）。

知道 egg 還有這種用法嗎？

A. She eats an **egg** every day.

她每天都吃一個蛋（名詞）。

B. Did they **egg** the boy on?

他們是不是煽動了那位少年（動詞）？

　　還記得第 11 章的《紐約時報》報導中曾經出現過 edge into 這個單字嗎 (121 頁)？除了「刀刃、端、邊緣」的意思之外，edge 在作為名詞使用時還有「優勢」的意思。可是將 edge 作為動詞使用時，卻會擁有「緩緩移動」這個無法從名詞推測出的意義。當一個單字擁有數十個定義時，要在字典中找到符合上下文的 edge 意義就很困難了。

像這種時候就建議您做下面這兩件事。

(1) 仔細思考單字的品詞是什麼

如同上述範例所示，看似單純的單字用於想像不到的意義時，有時候是因為品詞完全不同所導致。在 edge 的範例中，雖然名詞也有許多定義，但只要看出它其實是動詞，就能夠專注尋找動詞的意義。

(2) 調查線上字典

如果想要調查複數單字結合起來的意義，線上字典是最好用的。

◎最後的建議

如同本書所說的，快樂的讀書體驗是從閱讀自己感興趣的東西開始。這裡將列出辨別「易懂易讀的英文」來尋找有趣的英文素材時應該注意的事項。

＜內容面＞

- 喜歡的類別、感興趣的分野 (最重要！)
- 文化、生活、時代等背景因素夠親切
- 是最近的話題且語彙沒有過時

＜型態＞

- 頁面上有充足的留白
- 版面容易閱讀
- 頁數少 (如果想要得到「讀完了」的成就感的話)

＜英文風格＞

- 句子簡短
- 對話較多
- 主詞和動詞的距離近又容易理解

在書店或網路上試讀的時候，尋找對自己來說容易讀的書是最重要的。像這樣使用特定標準來評價「容易閱讀的程度」，對於選擇能夠輕鬆閱讀的英文素材將會很有幫助。

上一頁說明了＜內容面＞的三個基準。滿足其中的「文化、生活、時代等背景因素夠親切」和「是最近的話題且語彙沒有過時」這兩點的類別，就是現代日本作家的作品英譯本 ※。本書介紹過各式各樣的英文素材。最後要推薦的正是「原本就是用日文寫成的書」。

（※ 編註：由於中文著作的英譯本極少，加上本章出現的日文著作多有翻譯優良的中譯本，故編輯上沿用原書的推薦書單，文末列出有英譯版的中文著作，請讀者參考利用。）

2. 日本作家的作品英譯本

決定閱讀英文書時，日本作品的英譯本也是不錯的選擇。也許有人會認為明明讀原文就行了，為什麼還要特意閱讀英文版呢？可是，英文閱讀的「文化隔閡」比我們想像的還要大，有時候會因為對於文化與社會背景的認識不多而無法理解內容，反而不是英文知識不足的問題。在這種情況下，請不要覺得自己英文能力不夠而放棄，讀看看從日文翻譯成英文的作品吧。如果是在腦袋中已經對內容有些概念的書，就算有一些不懂的單字也能繼續讀下去。不論如何，選擇自認「就算是英文也讀得懂」的書，並取得「快樂閱讀」的感覺才是最重要的。

將眼光放到現代作家的作品上時，由於故事舞台是現代社會，

所以會更容易理解登場人物的想法與舉動。以下將舉宮部美幸寫的《魔術的耳語》英文版 The Devil's Whisper 為例。這是第一章開頭的段落。

In his dream, Mamoru Kusaka had gone back twelve years to when he was four years old. He was in the house where he had been born, and his mother, Keiko, was there, too. She was standing next to the shoe rack by the front door, the telephone in her hand. Slightly hunched over, she was twisting the black cord in her fingers as she listened, nodding and interjecting an "Uh-huh" or "I see" every ten seconds or so.

The Devil's Whisper by Miyuki Miyabe (translated by Deborah Iwabuchi)

如何，這段文章是不是描寫出我們熟悉的情景了呢？日下守這名高中生是故事的主角。在他夢裡出現的母親站在門口的鞋箱旁邊，一邊應聲一邊打電話。這樣的情景非常容易想像，就算有看不懂的單字，也能靠想像力來彌補。相反的，如果故事的設定與自己的生活相去甚遠，就會覺得英文突然變難。

如果是以前讀過並且喜歡的日本作家的作品，可以到 Amazom.com® 或 Amazon.co.jp® 搜尋看看有沒有英文版。到日本的亞馬遜書店網站也能用英文字母輸入作者姓名來尋找英譯本。日本網站和美國網站在搜尋內容上可能會有所不同，有些英文版書籍也只有日本市場才有在賣。

◎現代日本作者的英譯本

以下筆者將推薦幾本以思春期年輕人為主角、且能夠分類在青少年類別中的英譯作品。後面有 "Look Inside" 就表示能夠在 Amazon.com® 上閱讀前面幾頁。

宮部美幸　　《龍眠》
　　　　　　The Sleeping Dragon (Look Inside)

吉本芭娜娜　《廚房》
　　　　　　Kitchen (Look Inside)

村上春樹　　《挪威的森林》
　　　　　　Norwegian Wood (Kindle, Look Inside)

鈴木光司　　《七夜怪談》
　　　　　　Ring

灰谷健次郎　《兔之眼》
　　　　　　A Rabbit's Eyes

星野富弘　　《來自深淵的愛》(尚無中文版)
　　　　　　Love from the Depths ― The Story of Tomihiro Hoshino

小川洋子　　《博士熱愛的算式》
　　　　　　The Housekeeper and the Professor (Look Inside)

高樹信子　　《透光的樹》(中文版絕版)
　　　　　　Translucent Tree

淺田次郎　　《鐵道員》
　　　　　　The Stationmaster

角田光代　　《第八日的蟬》
　　　　　　The Eighth Day (Look Inside)

東野圭吾　　《秘密》
　　　　　　Naoko

山田太一　　《遭遇異人的夏天》
　　　　　　Strangers

瀨名秀明　　《寄生前夜》(尚無中文版)
　　　　　　Parasite Eve

桐野夏生　　《OUT》
　　　　　　Out (Look Inside)

至於日本引以為豪的漫畫和動畫，也有許多作品被翻譯成英文。下列作品都能在 Amazon.co.jp 或 Amazon.com 取得。這些都可說是輕鬆展開英文閱讀的良好素材。

二之宮知子　　《交響情人夢》
　　　　　　　　Nodame Cantabile (Look Inside)
長谷川町子　　《蟛螺小姐》（尚無中文版）
　　　　　　　　The Wonderful World of Sazae-san
藤子 ・F・ 不二雄　《哆啦A夢》
　　　　　　　　Doraemon-Gadget Cat from the Future
尾田榮一郎　　《航海王》
　　　　　　　　One Piece Series
青山剛昌　　　《名偵探柯南》
　　　　　　　　Case Closed Graphic Novels
椎名輕穗　　　《只想告訴你》
　　　　　　　　Kimi ni Todoke: From Me to You
鳥山明　　　　《七龍珠》
　　　　　　　　Dragon Ball
小畑健、大場鶇　《死亡筆記本》
　　　　　　　　Death Note Graphic Novels (Look Inside)
宮崎駿　　　　《風之谷》*Nausicaa of the Valley of the Wind*
　　　　　　　　《魔女宅急便》*Kiki's Delivery Service Film Comics*
　　　　　　　　《神隱少女》 *Spirited Away Series*

　　除此之外還有很多作品，請自行尋找看看喜歡的作品有沒有被翻譯成英文吧。

[補充] 中文作者英譯版作品

王文興　《家變》*Family Catastrophe*

柏楊　　《異域》*The Alien Realm*

王禎和　《玫瑰玫瑰我愛你》*Rose,Rose,I Love You*

鄭清文　《三腳馬》*Three-Legged Horse*

朱天文　《荒人手記》*Notes of a Desolate Man*

張大春　《野孩子》*Wild Kids*

蕭麗紅　《千江有水千江月》
　　　　A Thousand Moons on a Thousand Rivers

琦君　　《橘子紅了》*When Tangerines Turn Red*

白先勇　《台北人》*Taipei People*

　　根據《行政院文化建設委員會中書外譯歷年翻譯書目清單》(結
至 2010 年為止資料)

http://poem.cca.gov.tw/public/Data/07514112871.pdf

3. 讀書會 (社群閱讀) 的可能性

　　本書的六位登場人物是以 e-reading 為目的集結在一起，並開始
舉辦一章讀書會。作為本章的總結，接著將講述讀書會讓「閱讀英
文」體驗變得更豐富的可能性。

　　讀書是一種個人的活動，讀書會則是帶著個人的感想與其他人
分享的社會性體驗。筆者住在美國時就曾經參加過讀書會。和一章
讀書會一樣，大家每個月閱讀一本事先選好的書，每個月到同伴家
中聚會一次，一邊喝茶吃點心一邊快樂地談論感想。那也是能夠讓
人發現「原來讀書也有這麼棒的享受方式」的活動。

　　讀書的時候當然只有自己一人。可是，將讀書會放在心上時，
書的讀法也會改變。遇到受感動、感到疑惑的地方時，就會一邊深

入思考「為什麼我會被這句話感動」、「主角的動機是什麼」等問題一邊閱讀。這是因為不先在自己腦袋中整理的話，讀書會的時候就無法做出有意義的發言。當成員們聚在一起和氣靄靄地談論書本內容時，經常會被與自己完全不同的意見和感想嚇到。另外，有時候還會得到自己無法理解的事物與文化背景的詳細解說。透過分享感想，就能為書本帶來新的光明，讓人感受到在場成員每一個人的個性，而不是只有重複的讀書體驗。雖然已經是距離現在超過十年的事了，但筆者現在依然會用郵件和當時的成員交流「最近讀過的好書」資訊。

就算是英文閱讀，也能期待相同的讀書會功用。英文讀書會的情況下，在分享書本感想之前，還可以互相討教並一起調查。另外，即使決定單獨一人讀完整本英文書，也很容易只有三分鐘熱度，一遇到不懂的地方就開始不耐煩，最後只好舉手投降。在這種時候，只要有目的相同的夥伴，就有持續做下去的動機，而且還能互相勉勵。

也許會有讀者認為「不過，我周遭並沒有那樣的夥伴，而且也沒辦法輕易找到！」。可是，書本的世界正在急速改變，只要搭配電子書和網際網路，就能給予我們許多可能性。可能會有獨自學習英文但渴望同伴的人，或是每日繁忙而無法參加定期聚會的人。對於這樣的人們來說，「社群閱讀」這種嶄新的讀書型態是值得關心期待的。

比如說，第五章的 63 頁所介紹的 Kindle 閱讀器的 "Share meaningful passages"（分享有意義的文章），便是讓社群閱讀變得可行的一個環節。只要使用這個功能，就能在目前閱讀的頁面中加亮自己喜歡的一小節，寫上感想立刻投稿到 Twitter 或 Facebook 等社群網站。一旦對其他讀者的感想深感認同，並注意到更為多樣化的觀點，就能對內容有更深一層的理解。這和將書評投稿到某個網站

是不一樣的，是與許多人一起談論某一頁的某一節。

可以想見的是，這種社群閱讀的場所，將會隨著電子書的普及而變多，相關功能也會跟著不斷進化。讀書會本身是以前就有的活動。可是，只要利用電子書和網路，就沒有時間和地點的限制，隨時隨地都能透過一本書 (就算只有某一章或某一節也無妨)，建立起同好之間的橋樑。在網路上發起一個像一章讀書會那樣，一邊互相勉勵一邊持續 e-reading 的讀書會將會變得更容易。請各位務必嘗試電子書所帶來的，各種令人雀躍的嶄新可能性。

附錄

- 本書介紹的技能一覽表
- 本書英文版的開頭節錄

本書介紹的技能一覽表

Chapter	介紹內容
Chapter 1 不會受挫的選書方法	● Amazon.com® 的 "Look Inside!" 用法
Chapter 2 在紙本之外的媒體上讀書	● Amazon.com® 的 "Look Inside!" 用法 ● 介紹 Kindle 及 Kindle 應用程式與其下載方法
Chapter 3 在網路上找書	● 在 Amazon.com 選書的方法 ● 用 Kindle 應用程式下載試讀檔案
Chapter 4 讀看看試讀章節	● 介紹線上字典 ● 介紹 Google 的圖片搜尋功能
Chapter 5 電子書閱讀器	● 介紹 Kindle 閱讀器
Chapter 6 以外部網站加強理解	● 介紹 Wikipedia 的用法
Chapter 7 因為喜歡所以擅長！	● 介紹作者網站的活用方法

本書用到了各式各樣的網站和數位裝置。為了整理這些知識，下表彙整了各個章節中所介紹的網站與工具。另外，旁邊還說明了這些網站與工具的重點，請一併加以活用。

重點
➡ 閱讀開頭幾頁，便能判斷那本書是否有趣
➡ "Look Inside!" 的進階用法
➡ Kindle 應用程式是用來閱讀電子書的軟體，而 Kindle 閱讀器是用來閱讀電子書的硬體
➡ 以詳細的書籍分類為線索來尋找喜歡的分野
➡ 有 Kindle Edition 的書都可以取得其一開始的 1~2 章作為免費試讀檔案
➡ 調查片語或成句時的方便網站
➡ 百聞不如一見，可以用圖片搜尋來取代字典
➡ 擁有變更文字大小、字典、朗讀、共享書上重點標示的文字等功能
➡ 同時閱讀 Wikipedia 內的英文和中文項目，就會更容易理解
➡ 能夠更深入瞭解書籍和作品

Chapter	介紹內容
Chapter 8 何謂容易理解的題材	●在複數裝置上使用 Kindle 應用程式的方法
	●介紹線上英英字典
Chapter 9 食譜也可以是閱讀材料	●英文食譜的用法
Chapter 10 公有領域書籍的用法	●Project Gutenberg 的用法
	●LibriVox 的用法
Chapter 11 挑戰英文新聞	●介紹英文新聞網站
Chapter 12 容易閱讀的採訪報導	●多媒體的英文學習網站
Chapter 13 同時強化閱讀能力與聽力	●介紹 TED 網站及其用法
Chapter 14 英文是通往未來的護照	●介紹 TED 裡的推薦演講
EXTRA! 持續進行英文閱讀的三項建議	●容易閱讀的英文的判斷基準

重點
➡ 如果是同一個帳號便能讓不同的閱讀裝置同步
➡ 可以免費使用，還有方便的發音功能
➡ 食譜是理解英文動詞的出色素材
➡ 著作權消滅的作品可以免費讀完整本 ➡ 有些作品可以免費聽到其英文朗讀
➡ 可以一邊讀英文一邊取得新聞和情報
➡ 能夠透過聲音和影片進行綜合式的學習
➡ 可以透過主題、演講者、內容等方式來選擇演講。大多附有英文字幕
➡ 介紹從大量演講中嚴格篩選出的有趣演講
➡EXTRA 的建議

▌▌▌▌▌▌本書英文版的開頭節錄 ▌▌▌▌▌▌

　　本書的＜故事＞部份還有英文版。您要不要試著用它來進行英文閱讀看看呢？也可以到本公司網站內的本書介紹頁面 ※（http://www. kodansha-intl.com/ja/books/9784770041470）中下載全文，請務必連到該頁面中看看。（※編註：「內容紹介」中，擊點最後一段中的「こちら」即可完成下載全書的動作）

　　以下將公開其中的一小部份。請欣賞本書開頭的「Prologue：在英文會話班發生的事（p.12）」的英文版吧。

Prologue: At the English Conversation Class

Not again! Keiko sighed and closed her still-new textbook.

　David, a young English instructor from the US, stood in front of the whiteboard and spoke to the class of adults.

　"I'm sorry, but this is my last day. A new teacher will come next week."

The classroom began to buzz as the others in the class discussed this latest development, but it was no surprise to Keiko. She knew that teaching small English conversation classes offered by the local government was not the job teachers dreamed of. As David told the class about his new plans, Keiko noted that it took less than six months for the average native English speaker to move on to something better. David had been the class's third teacher.

The worst part about it was that every time a teacher quit, the class had to buy an expensive new textbook and get used to the way a new teacher taught and spoke English: American, British, Australian—they were all a little different. On top of that, the students varied greatly in how much English they could handle, with new ones entering and older ones quitting the class every few months or so. Even still, Keiko had stuck with the lessons. Looking back, though, she didn't think she had made any progress. She certainly didn't feel any more confident in her English ability. It was time for a change.

As she put her textbook into her bag, Keiko turned to look at her friend Rika. Rika had really liked David, and she looked disappointed.

※ ※ ※ ※ ※ ※ ※ ※ ※ ※ ※

It had been a little over a year since a flyer advertising the English conversation classhad appeared in Keiko's mailbox. By then, six years had passed since she had given up her job to stay at home, raise her children, and help out her parents. She had volunteered for the PTA, taken yoga classes, and done her best as a homemaker. She didn't regret those years she had devoted to her family, but she had begun to feel that she wanted to take on something new—she was ready to go back to work. Keiko had looked at the flyer again and thought back to the days when her co-workers had depended on her for any task requiring English skills—she'd had plenty of confidence back then.

"That's it !" she had declared, "I'm going to take lessons and do something about my rusty English." And so Keiko had signed up for the once-a-week conversation class. After a few months, she had called up her old pal Rika and talked her into joining too. They had been classmates in high school and still got together occasionally. Convincing Rika to join had not been easy. Keiko recalled her reaction to the suggestion:

"English conversation? You've got to be kidding. You know me, 'this is a pen' and 'thank you very much' is as far as I go."

"How about just coming with me once?" Keiko had refused to give up, and almost dragged her friend along one week. And she had been lucky: all it had taken was a look at David, who was tall and handsome, and Rika had decided that maybe she could manage English after all.

"You know, I think the teacher looks a little bit like that British soccer player—David Beckham. They even have the same name!"

From the first class, Rika completely forgot how much she hated English and used every word and phrase she could come up with, no matter how broken, to try to communicate. She was delighted every time her efforts evoked a smile from the good-looking teacher.

＊＊＊＊＊＊＊＊＊＊＊

After David's last class, Keiko and Rika stopped for a cup of coffee on the way home.

"I'm going to quit," said Keiko, sipping her drink. "My English isn't going to get any better this way. The textbooks all cover the same things—I'm tired of pretending to make orders in restaurants. It's all so dry and boring."

"I guess I'll quit, too," agreed Rika. "There will never be another teacher like David."

Keiko didn't care what the teacher looked like, she just didn't like the way they were constantly changing—and the rest of the class wasn't very good either. There was that Mrs. Baba, for example. Every time David called on her she got so nervous her lips began to quiver, and it was impossible to hear what she was saying. Keiko couldn't imagine what she was doing in the class. Her husband, though, could speak English. He was a retired businessman who had spent two years assigned to his company's offices in Australia. Keiko would definitely miss being paired with Mr. Baba for conversation practice. And how was she going to explain this all to her family? She had made such a big deal about starting lessons, and now she would have to admit failure. More than anything, though, she was afraid of giving up her still-secret dreams of going back into the workforce. But what could she do?

"There's got to be something better than English conversation," she mumbled to herself. Unfortunately, Rika heard her and offered what she considered the perfect solution.

"How about hula?"

"What?"

"Hula dancing. Everyone is doing it these days, and there's a new dance studio opening in front of the station."

Hula was definitely not what Keiko had in mind. She wanted to study English, and she needed a companion to help keep her committed.

"Let's take up English reading," she blurted out.

"Reading? That's even worse than speaking! I can't do that."

"Oh come on. It won't be that hard. Don't you remember that movie we saw, 'The Jane Austen Book Club'? The members got together, sat around, and talked about the books. That's what we'll do."

"That was a great movie!" Rika recalled blissfully. "The young rich guy, Grigg, falls in love with Jocelyn. She was older than him and not interested at first, but he read all of the books by Jane Austen—just for her." Suddenly, she sat up straight and turned to Keiko. "So if we start a book club, do you think a man with a fortune will join, and …"

Keiko just let Rika talk until she was sure her friend forgotten all about the hula class. Then she spoke up again. "The day after tomorrow we're going book shopping. Keep a couple of hours open in the afternoon!"

※ 後續內容將在（http://www.kodansha-intl.com/ja/books/9784770041470）發表。另外，還能從這個頁面連到本書兩位作者的「一章讀書會」部落格。立刻連上去看看吧！

聰明的猴子與豬

很久很久以前，日本一個叫作信州的地方住著一名男子，靠著表演猴子與動物的才藝維生。

某一個晚上。男子一臉不高興地回到家裡，對妻子說明天早上要把猴子帶到肉店去。搞不懂發生什麼事情的妻子詢問丈夫。

「到底發生什麼事了？」

「那隻猴子老了，忘記如何表演。我用棒子打牠，牠卻完全不會跳舞。已經沒救了。」

妻子覺得猴子很可憐，拜託丈夫重新考慮，但還是沒用。丈夫的決心並沒有改變。

猴子在隔壁房間聽到兩人的對話。牠知道自己會被宰掉，忍不住這麼想。

「這個主人真沒良心。我忠心侍奉他這麼久了，他竟然不讓我安享餘生，還打算把我送去肉店宰掉。先烤、再煮、然後吃掉。真是悲哀。我該怎麼辦才好呢？」牠思索了一會兒。

「對了。我想到好主意了。附近的森林裡有一隻腦袋很好的豬。只要去牠那裡，牠一定會幫我想辦法的。馬上出發吧。」

沒有時間可以慢慢來了。偷跑出家裡之後，牠頭也不回的前往豬的住處。

幸好豬有在家。猴子開始述說自己的悲慘遭遇。

「豬先生，我聽說你很聰明。我現在非常困擾。就只有你能幫助我了。我長期侍奉主人，如今老了無法靈活表演。主人打算把這樣的我送到肉店裡去。有辦法可以救我嗎？只有聰明的你可以依靠了。」

豬被猴子稱讚得十分滿足，決定助猴子一臂之力。他想了一下後說：

「你主人有孩子嗎？」

「有一個，但還是小嬰兒。」

「主人太太在早上工作時會不會把嬰兒放在屋緣？」

「會。」

「好，我會找機會叼走嬰兒逃跑。」

「然後呢？」猴子問。

「太太應該會很著急。趁主人和太太不知所措時，你來追我，救出嬰兒，把他平安帶回父母身邊。這樣一來，即使肉店的老闆來了，你也不會被他帶走。」

猴子向豬不斷道謝後便回到家裡。那個晚上完全睡不著覺。因為猴子這條老命，就賭在豬的計畫的成敗之上了。第一個醒來後，牠迫不急待地等著即將發生的事。

在太太起床打開雨戶、陽光射入之前應該還有不少時間。在太太打掃家裡並準備早餐的期間，她一如往常地把嬰兒放在玄關附近。

嬰兒曬著朝陽開心地動著小口，每當太陽變亮或變暗就拍拍地板。就在這個時候。玄關附近似乎有某種聲音，嬰兒發出響亮的哭聲。

從廚房衝出來的太太，看到豬叼著嬰兒跑出門外的身影。太太大聲叫喚並跑向依然在房間內熟睡的丈夫。丈夫緩緩起身後，揉揉睡眼，問妻子為何大吵大鬧。

但是，他馬上就明白事情的來龍去脈並衝出門外。

豬已經跑遠了，但猴子不是正在拼命追趕豬嗎？兩人對聰明猴子的勇敢行為非常感動。然後，當忠心的猴子平安帶回孩子時，他們的心裡充滿了言語無法表達的歡喜。

「你看。」太太開口了。「這就是你想要殺掉的猴子。如果沒有猴子，我們的孩子就沒了喔。」

「只有這次妳說得對。」主人抱起孩子，一邊走進家裡一邊說。

「如果肉店老闆來就請他回去吧。該吃早餐了。猴子也一起來。」

雖然肉店老闆有來過一趟，但只有拿到晚餐要吃的豬肉的訂單便回去了。從此之後，猴子受到更多的疼愛，渡過了平穩的餘生。

主人也不再打牠了。

結語

　　媒體在介紹電子書與閱讀器的時候，不知為何經常會出現「vs.」這樣的說詞。紙本 vs. 電子書、iPad vs. Kindle、Amazon vs. Google……。一旦看多了這樣的論調，就會覺得好像一定只能在兩者之間選擇其一。

　　可是電子書的發展目的並不是要我們「選擇一種媒體，然後其他的都不要」。現在，我們不需要在兩者之間選擇其一，而是可以驅使紙本和數位這兩方面的媒體，依照個人的喜好與狀況選擇使用最適當的媒體。

　　本書介紹了活用數位媒體能夠取得的英文素材的方法。其基底的兩大概念便是 Fun & Free。

關於 Free（「免費與自由」）的部份

　　大家都說 2011 年是電子書在日本一口氣推廣開來的關鍵一年。話雖如此，但筆者認為電子書的具體功能和可能性還沒有真正被大眾理解。比如說，Kindle 應用程式（閱覽軟體）便是一個很好的例子。只要使用這個免費的軟體，就能隨意試讀從外文暢銷書到古典作品都有的大量書籍。可是在執筆本書的時候，筆者周遭的人幾乎都不曉得有這個軟體。請各位讀者務必使用本書說明的方法，自由自在地試讀電子書，讓閱讀的選擇變得更多。

不過，並不是只有讀完英文小說或商業書籍才叫作英文閱讀。不斷用英文閱讀自己想知道的事情，持續累積許多的小小體驗，也能成為一股巨大的力量。隨著書籍的電子化，遇到讓人覺得「這個真有趣！」的書或是其他英文資源的機會就一口氣變多了。請在窮盡一生都讀不完的 free 素材中尋找真正喜歡的書吧。

關於 Fun（「愉快」）的部份

即使逼自己閱讀不感興趣的英文內容，也無法提升英文能力。可是一旦對主題感興趣，就能對英文的理解度造成驚人的變化。下面將舉兩個實際的例子。

某位高中男生以獸醫系為目標努力準備大學聯考，但卻抓不住英文長篇文章的重點，總是為此感到頭痛。這並不是因為他的英文能力不足，最大的原因其實是許多練習題目的內容與他的生活體驗相去太遠，無法引起他的興趣。下定決心改變作法集中閱讀英文新聞的科學系報導之後，這位學生憑藉著自己最喜歡的生物學知識拼湊出看不懂的地方，而終於變得能夠讀懂英文了。在閱讀感興趣的英文內容時，男學生總算理解「原來如此，以前在學校裡學到的文法原來是這樣用的」。然後他也順利考上了學校。

另一個人是對英文幾乎不感興趣的國中女生。她在有一次玩遊戲的時候看到電玩主角說英文的畫面。因為「不知道他在說什麼」而感到好奇的國中女生，為了瞭解主角台詞的意義而開始一心一意地調查英文單字。每讀懂一點點內容都覺得好有趣，結果她便開始逐一瀏覽相關的英文網站。她在沉迷遊戲的過程中逐漸提升英文實力，竟然在不知不覺中讓成績進步了。因為好奇心就是最大的原動力。

對於英文閱讀來說，像這樣的「喜歡」和「感興趣」是非常重要的。

然後，能讓讀書變得更有趣的就是同伴了。本書是藉由以經歷和興趣各異的多位登場人物為中心展開故事，向讀者傳達人們聚集在一起舉辦讀書會的樂趣。電子書的進步，讓社群閱讀這種新的讀書型態也變得可能了。大家不妨招集喜歡書本和喜歡英文的人，一起舉辦 Fun & Free 的讀書會看看吧。

更進一步的 Fun & Free

　　本書雖然是作為紙本媒體出版，但是為了達成推廣 e-reading 世界的目標，兩位筆者還開始著手進行活用數位媒體的企劃。

　　第一，為了讓各位讀者能夠直接開始英文閱讀，我們準備了本書的英文版，並且能夠從講談社網站上下載。這次請用英文來閱讀剛讀完的故事吧。

　　第二，建立「一章讀書會」的部落格。我們打算盡早掌握與 e-reading 有關的各種最新資訊，並刊載在部落格上。部落格和書本不同，能夠進行雙向的對話。我們期待著透過部落格與各位讀者交流。

　　關於「e-reading」的英文版下載方式與部落格的詳細介紹，請參閱 181 頁的說明。我們衷心期盼著各位的大駕光臨！

＊　＊　＊　＊　＊　＊　＊　＊　＊　＊

　　長年從事英文相關工作的兩位筆者，基於將拓展 e-reading 世界的方法分享給更多人的想法而寫成了這本書。在此，我們必須對從企劃階段便開始鼓勵我們、溫柔地指引方向的講談社 International 編輯部的浦田未央小姐深表感謝。

　　遠田和子：水間日真理小姐在帶小孩的繁忙生活中閱讀原稿，還下載應用程式並探索各種網站，為本書提供了實在的意見。能夠像三刀流般活用 iPhone、iPad 甚至是 PC 的永野恭子小姐，從應用

程式的功能一直測試到推薦的演講，提供了貴重的意見。我兒洋平則給了我年輕人的活力和 iPad 專用的漂亮外殼。丈夫均則如同往常一般從旁支援我。除此之外，我還要在此向鼓勵我的眾多朋友道謝。

岩渕 Deborah：內田豐先生和 Pamelah 夫妻迅速閱讀了原稿，還實際嘗試閱讀方式並提供了新資訊。還要感謝英代小姐、阿久沢先生、Sako 小姐的幫忙。因為有田村文子小姐的支援，我才能夠專心執筆本書。女兒小愛與小光（Hikari）的國外留學經驗（辛勞與喜悅）也成了本次故事的一項重要參考。丈夫育雄在家裡的裝置上安裝 Kindle 應用程式，還把自己使用的 iPhone 給我。托他的福，我才能夠在家裡用 Kindle、出門在外時用 iPhone 閱讀電子書。

最後，能夠和各位讀者分享我們最喜歡的 e-reading 世界，真的讓我們打從心底感到高興。

遠田和子
岩渕 Deborah

作者簡介

遠田和子 (Enda Kazuko)

日英譯者、翻譯學校講師、企業研修講師。青山學院大學文學院英美文學系畢業。就學時成為文部省獎學生，前往美國加利佛尼亞州太平洋大學留學。大學畢業後，於美國加利佛尼亞州 Foothill 社區大學的 Speech Communication 學系取得 Speech Certificate（演講證書）。在佳能（Canon）從事過翻譯工作之後成為自由作者。著作有『英語寫作「原來如此！」』（講談社）、『用 Google3 分鐘寫出道地英文』（文經社），譯作則有星野富弘的 Love from the Depths — The Story of Tomihiro Hoshino（『愛，來自深淵』，合譯，立風書房 / 學習研究社）。

岩渕 Deborah (Iwabuchi Deborah)

日英譯者、南向翻譯事務所代表、群馬縣立女子大學講師。美國加利佛尼亞州太平洋大學畢業。在學時前往青山學院大學留學。1978 年到日本擔任英文教師兼助理傳教士，此後定居於群馬縣前橋市。著作有『英語「なるほど！」ライティング』（合著，由講談社 International 出版）、Diversity in Japan: A Reader（合著，金星堂），譯作有星野富弘的 Love from the Depths — The Story of Tomihiro Hoshino（『愛，來自深淵』，合譯，立風書房 / 學習研究社）、宮部美幸的 The Devil's Whisper（『魔術的耳語』，獨步文化）、The Sleeping Dragon（『龍眠』，獨步文化）等等。

譯者簡介

廖文斌

一九八二年生，南投仁愛鄉人。
歷史系畢業後在出版業打滾數年，目前是全職譯者。
譯作有：《打造安全無虞的 Web Application》、
《培養與鍛鍊：程式設計的邏輯腦》等等。

聯絡信箱：gili2920338@gmail.com

國家圖書館出版品預行編目資料

免記文法。不用花錢。超有趣的e-reading英語學習法
／遠田和子・岩渕Deborah 著;廖文斌 譯. -- 第一版.
-- 臺北市：文經社，2013.02
　　面；　　公分. --（文經文庫；A299）

ISBN 978-957-663-689-9（平裝）
1.英文　2.學習方法　3.網路資源

805.1029　　　　　　　　　　　　　102000846

 文經社　http://www.cosmax.com.tw/ 或「博客來網路書店」查詢文經社。
文經社臉書粉絲團 **http://www.facebook.com / cosmax.co**

文經文庫 A299
免記文法。不用花錢。超有趣的**e-reading**英語學習法

著 作 人 — 遠田和子・岩渕Deborah
原著書名 — e-リーディング英語学習法：アマゾン、グーグルから電子デバイスまで
原出版社 — 講談社インターナショナル
發 行 人 — 趙元美
社　　長 — 吳榮斌
企劃編輯 — 高佩琳
翻　　譯 — 廖文斌
美術設計 — 王小明
出 版 者 — 文經出版社有限公司
登 記 證 — 新聞局局版台業字第2424號
＜總社・編輯部＞：
社　　址 — 104-85 台北市建國北路二段66號11樓之一（文經大樓）
電　　話 — （02）2517-6688
傳　　真 — （02）2515-3368
E - m a i l — cosmax.pub@msa.hinet.net
＜業務部＞：
地　　址 — 241-58 新北市三重區光復路一段61巷27號11樓A（鴻運大樓）
電　　話 — （02）2278-3158・2278-2563
傳　　真 — （02）2278-3168
E - m a i l — cosmax27@ms76.hinet.net
郵撥帳號 — 05088806文經出版社有限公司
新加坡總代理 — Novum Organum Publishing House Pte Ltd.　　　TEL:65-6462-6141
馬來西亞總代理 — Novum Organum Publishing House (M) Sdn. Bhd.　TEL:603-9179-6333
印 刷 所 — 松霖彩色印刷事業有限公司
法律顧問 — 鄭玉燦律師（02)2915-5229
發 行 日 — 2013年 3 月　第一版　第 1 刷

定價／新台幣 250 元　　　　　　　　　　Printed in Taiwan